LE DIPLÔME

AMAURY BARTHET

LE DIPLÔME

roman

ALBIN MICHEL

I

« Dans toutes les existences, on note une date où bifurque la destinée, soit vers la catastrophe, soit vers le succès. »

Gabriel de La Rochefoucauld

1.

Au fond, j'avais hâte d'être à la retraite. Je me voyais déjà passer mes vieux jours sur une plage paradisiaque en Thaïlande, occupant l'infinité de mon temps libre à boire des mojitos, à me faire masser, et à nager au milieu des raies mantas. Cette nouvelle vie, tout entière consacrée à l'oisiveté et aux plaisirs simples, me délivrerait enfin de mon asservissement à l'Éducation nationale.

Je songeais à ces jours meilleurs en corrigeant les copies de ma classe de terminale. Non, Victor Hugo n'était pas « né à l'âge de deux ans » ; non, la Corée du Nord n'était pas dirigée par le terrible dictateur « King Kong Un » ; et oui, le niveau de culture générale de mes élèves me donnait des envies de démission sans préavis. Professeur depuis huit ans dans un lycée de Bobigny, j'avais depuis longtemps abandonné tout espoir de transmission du savoir.

À l'origine pourtant, l'enseignement de l'histoire-géographie était chez moi une vocation. Je m'étais initialement donné la mission de guider les élèves défavorisés vers un avenir meilleur, de briser les mécanismes de reproduction sociale qui les maintenaient dans leur condition, naïvement convaincu de pouvoir faire une différence. En réalité, mes espoirs s'étaient effondrés dès les premières semaines de ma prise de fonction. Mes trente lycéens étaient pareils à un millier d'animaux en cage, hurlant et tapant du poing sur les tables, prêts à en découdre sauvagement contre toute forme d'autorité. Chaque jour apportait son lot d'insultes, d'humiliations et de violences. Très vite, je dus me rendre à l'évidence : il était vain de chercher à les extraire de leur milieu. L'institution scolaire exigeait un rapport à la langue française et à la culture classique dont ils ne disposaient pas et qu'il était trop tard pour acquérir. Ils semblaient prisonniers d'un destin sociologique écrit d'avance, un TGV lancé à 300 kilomètres-heure vers le chômage, et aucun de mes conseils ne pourrait les faire dévier de leur trajectoire qui les menait inéluctablement droit dans le mur.

La première année, cette confrontation au réel avait provoqué chez moi des crises d'anxiété épouvantables ainsi que des remises en question auxquelles je ne voyais aucune issue. Enseigner, oui, mais pour quoi ? La loterie génétique et familiale avait déjà désigné les gagnants, et mes élèves n'en faisaient pas partie. Mon médecin généraliste m'avait alors prescrit du Xanax à doses généreuses, ce qui permit que la deuxième année se déroulât dans des conditions plus sereines. À l'issue de celle-ci, il me fallut prendre une décision : changer de métier ou poursuivre avec résignation. Sur les conseils de mes collègues, je choisis la seconde option et me mis alors à enseigner le programme en fournissant un effort minimal, sans attentes vis-à-vis des élèves, dans une atmosphère de laxisme total. Mes cours s'apparentaient à des séances de garderie chaotiques au cours desquelles je ne tentais même plus de me faire entendre. Il s'agissait d'une solution fiable, éprouvée, qui nécessitait uniquement de m'asseoir sur ma dignité, et ça je savais le faire, j'étais même le champion du monde. Les six années suivantes s'écoulèrent ainsi avec fadeur, sans joie ni souffrance particulière, de sorte que j'atteignis l'âge de trente-deux ans en étant, on pouvait le dire, passé à côté de ma vie.

Souvent, j'essayais de me rassurer en me disant qu'au moins j'étais en couple, mais là encore, ma situation n'était pas réjouissante. Je vivais avec Cécile depuis notre rencontre à la fac douze ans auparavant, et il fallait bien admettre que notre amour enflammé avait désormais laissé place à une routine fatiguée. Les sourires complices et les étreintes affectueuses n'existaient plus que sur les photographies des années passées, reléguées dans une boîte à souvenirs au fond du placard. C'était triste, mais c'était la vie, pensais-je à l'époque avec fatalisme. Après tout, l'érosion des sentiments constitue l'horizon de la plupart des couples.

Une vie plate, donc, mais une vie stable. Ce n'est que vers la fin juin 2017, alors que Cécile et moi dînions dans un restaurant marocain près de Bastille, que les choses dégénérèrent. En entamant mon tajine au mouton, je vis tout de suite qu'elle était d'humeur massacrante. « Dis-moi, Guillaume, dit-elle avec défiance en se servant un verre de Sidi Brahim, tu as des idées de destinations pour nos vacances d'été ?

– Pas vraiment, non…, bredouillai-je. On n'a qu'à retourner chez mes parents en Bretagne…

– Alors là, il en est hors de question. C'est au moins la dixième fois qu'on y va, j'en ai ras le bol, j'ai besoin de voir autre chose. On ne peut pas partir ailleurs pour une fois ? Des copines m'ont recommandé la Grèce, c'est joli la Grèce, en cherchant bien on peut trouver des billets abordables pour Santorin ou Paros. Ou alors la Croatie, il y a de belles criques dans ce coin-là.

– Bof, marmonnai-je la bouche pleine, c'est un peu cher la Méditerranée…

– Et alors, s'agaça-t-elle, tu ne sais pas te faire plaisir ? L'argent, tu ne vas pas l'emporter dans ta tombe ! »

Je ne voyais pas très bien de quel argent elle voulait parler. Mon traitement de fonctionnaire s'élevait, après huit ans de carrière, à moins de 2 000 euros net mensuels ; mon frère gagnait la même somme à vingt-deux ans lorsqu'il était stagiaire chez HSBC. « Tu sais bien que je n'ai pas les moyens, soupirai-je. Je suis déjà à découvert et je ne veux pas me retrouver interdit bancaire pour attraper des coups de soleil sur une plage bondée de touristes allemands.

– Tu es constamment blasé. Ça t'arrive parfois de vouloir t'amuser, de prendre les choses avec légèreté ? Merde quoi, je ne bosse pas toute l'année pour passer l'été avec un mec dépressif ! »

Je haussai vaguement les épaules. Cécile faisait partie de ces grandes gueules qui assumaient fièrement leur côté cash. Fort d'un calme légendaire, j'absorbais la plupart du temps ses excès sans broncher, il me suffisait de répéter : « Oui, Cécile, c'est vrai, tu as raison », et son exaspération retombait comme un soufflé. Je m'y étais habitué. Au travail comme à la maison, je subissais les sautes d'humeur des autres, c'était mon lot.

Je repris un peu de tajine et constatai qu'il était encore chaud. Grâce au plat en terre cuite et au couvercle hermétique, la viande pouvait conserver sa température de cuisson pendant près d'une heure; ils étaient vraiment ingénieux, ces Marocains. Cécile tenta de se resservir en vin mais constata avec surprise que la bouteille était vide. « Tu te fous de moi, s'emporta-t-elle de nouveau, tu as déjà fini le rouge ? On prend une bouteille à 40 euros et tu la termines sans m'en proposer ? » Je l'avais rarement vue aussi agacée, elle me reprochait de cumuler tous les travers : blasé, égoïste, paresseux, fauché, et maintenant alcoolique et goujat. Ses accusations me semblaient franchement exagérées, et surtout injustes. Je rêvais secrètement de renverser la table en hurlant : « Ah ouais, et si je dressais la liste de *tes* défauts, pour une fois ? On n'aurait pas assez d'une nuit pour les égrener tous, pauvre conne ! » Évidemment, je n'en aurais jamais eu le courage.

À la fin du repas, la serveuse apporta l'addition que je réglai pour moitié, laissant à Cécile le soin de payer son propre menu. Vexée, elle me sermonna sur le chemin du retour au sujet de mon manque de romantisme. Dans les artères de la capitale, l'air était sec et la température demeurait exceptionnellement élevée malgré la nuit qui tombait. À l'ouest, le soleil s'était couché derrière les lointains quartiers riches, là où mon frère Henri et son impitoyable femme Eva habitaient depuis toujours.

« Je ne peux plus accepter ça… », soupira-t-elle avec désespoir en arrivant dans notre deux-pièces de la place Pigalle. Je levai les yeux au ciel : que pouvait-elle bien avoir *encore* ? À ce jour, je n'ai toujours pas compris quelle avait été la goutte d'eau. Était-ce cette histoire de vacances refusées ? de bouteille de rouge vidée ? d'addition partagée ? Toujours est-il qu'elle fondit en larmes. Recroquevillée sur le lit, elle se mit à pousser des cris de détresse entrecoupés de pleurs. « On passe nos journées à s'engueuler, à quoi ça rime ? gémit-elle entre deux hoquets étouffés par l'oreiller. Tu ne me dis jamais que tu m'aimes ! Tu ne me l'as pas dit depuis des années ! Est-ce que tu as seulement envie d'être avec moi ? »

J'observai en silence son visage défait, empourpré et gonflé de larmes. J'aurais pu lui répondre, j'aurais pu lui révéler la douloureuse vérité – que je restais avec elle uniquement par lâcheté – mais je pressentais qu'il valait mieux la laisser crever l'abcès elle-même.

« En fait, tu t'en fous…, se désola-t-elle. Je le savais, j'ai l'impression de te traîner comme un boulet depuis douze ans. Chaque fois que je propose quelque chose, tu ronchonnes, tu maugrées, tu grommelles un vague désaccord pour finalement accepter à contrecœur. En réalité tu n'as qu'une envie, c'est que je te foute la paix. Mais pourquoi tu ne le dis pas ? Pourquoi tu n'avoues pas que tu rêves d'être seul avec tes bouquins, tes séries et tes jeux vidéo ? »

Là, elle me tendait une sacrée perche, il fallait vraiment intervenir. Je me préparais mentalement à faire valoir mon point de vue, à lui faire part de mes impressions sur cette décennie de relation bancale, mais au moment d'ouvrir la bouche, aucun son n'en sortit. Je n'y arrivais pas. J'étais incapable de m'opposer à elle.

« Tu n'as pas de courage…, constata-t-elle avec un soudain mépris. Tu n'es pas un homme. Tu n'as jamais osé rompre alors que tu rêves de le faire depuis des années. Eh bien, si tu n'en es pas capable, je vais décider pour toi : c'est terminé, ciao, il est hors de question que je fasse ma vie avec un lâche. » Elle se leva d'un bond, mâchoire serrée, sourcils froncés, dans la posture de la femme en colère bien déterminée à prendre ses cliques et ses claques. Mon rythme cardiaque s'accéléra brutalement et des bouffées d'angoisse commencèrent à me faire transpirer. Je me visualisais en train de prononcer une phrase du genre : « Cécile, attends, ne pars pas ! », j'imaginais la scène en spectateur de ma propre vie, comme filmé par une caméra extérieure, mais rien ne se produisit.

Elle fourra des vêtements en vrac dans une grosse valise en reniflant. « Je vais chez ma mère, déclara-t-elle d'un ton coupant, je passerai chercher le reste de mes affaires plus tard. » Je la contemplais sans dire un mot, paralysé, absent de moi-même. On ne sait jamais que l'on est à un tournant de son existence, personne ne prévient, aucun prophète ne nous annonce l'imminence de la catastrophe, et lorsque celle-ci se produit, on ne peut qu'assister impuissant à l'effondrement de sa confortable routine.

Avant de partir, elle s'immobilisa sur le pas de la porte pour me laisser une dernière chance, me dévisageant longuement dans l'attente d'une réaction quelconque de ma part. Après une minute de silence absolu, elle secoua la tête de dépit et se résolut à tourner les talons. « Au revoir, Guillaume… », dit-elle d'une voix étouffée.

2.

Je bondis hors de mon lit dès sept heures du matin, habité d'une énergie et d'une détermination que je ne m'étais jamais connues. Cécile m'avait abandonné, oui, et alors ? C'était tant mieux, j'étais désormais un homme libre, il fallait en profiter pour se ressaisir.

Je lançai à plein volume la musique de *Rocky 3* – « Eye of the Tiger » – et me préparai un petit-déjeuner gargantuesque composé d'œufs brouillés, de bacon, et de trois bols de café. Je tentai de me mettre dans la peau d'un homme qui ne se laisse pas abattre, un homme au mental de winner, mettons Nicolas Sarkozy. Qu'aurait fait Nicolas Sarkozy à ma place ? Voilà la question que je devais me poser, la seule question qui comptait, et il était nécessaire d'agir en conséquence.

En me contemplant nu dans le miroir de la salle de bain, je tentai de réévaluer froidement mes capacités de séduction. La dernière fois que j'avais « dragué une gonzesse » (l'expression était-elle encore actuelle ?) remontait à mes vingt ans, et de toute évidence, j'avais pris un sacré coup de vieux depuis. J'avais des bourrelets, mes épaules tombaient légèrement, et des rides s'étaient creusées à plusieurs endroits de mon visage. D'un autre côté, j'avais encore tous mes cheveux, ça c'était rassurant. Quelques exercices de musculation et une alimentation saine suffiraient à me redonner un sex appeal décent. Avec un peu de chance, je pouvais espérer rencontrer une femme dans les prochaines semaines et ainsi refaire ma vie.

Je dénichai de vieilles baskets Decathlon, enfilai un short élimé et me rendis à la salle de sport la plus proche. À l'intérieur, une vingtaine de personnes pratiquaient des exercices sportifs avec une rigueur méthodique. À gauche, une étudiante était aux prises avec une machine infernale qui faisait travailler son fessier. À droite, un quadragénaire au crâne dégarni effectuait frénétiquement des abdos sur un tapis de sol, dans l'espoir noble mais vain de retarder l'effondrement de son potentiel érotique. Au fond, on pouvait apercevoir un espace de musculation où deux culturistes soulevaient de lourds haltères en s'admirant de profil dans le miroir. Dans la totalité du club, une musique techno d'une brutalité délirante était diffusée à haut volume, vraisemblablement dans le but de susciter un sentiment de toute-puissance dans le cerveau des clients. Je jetai un coup d'œil à la brochure d'information disposée à l'entrée : « Stay-Fit, ce sont des femmes et des hommes rassemblés autour de valeurs universelles : le DÉPASSEMENT DE SOI et la PERFORMANCE. Rejoignez la communauté, se maintenir en forme est un droit ! » Formidable, songeai-je en souscrivant un abonnement à la borne automatique. Un accès illimité était proposé pour 300 euros, c'était un peu cher, mon compte en banque terminait déjà dans le rouge tous les mois, mais j'étais décidé à me faire plaisir.

Après quelques étirements, je me dirigeai vers la zone réservée à la musculation. Celle-ci accueillait une multitude de machines aux fonctionnalités énigmatiques, truffées de câbles, de mécanismes de rotation, de barres métalliques et de rouages crantés. J'avais l'embarras du choix mais une notice explicative n'aurait pas été de trop. Il me fallait un peu d'aide. Je m'approchai d'une brune élancée aux vagues airs de Nabilla ; en matière de fitness, elle devait être une source de renseignements fiable.

« Excusez-moi, fis-je en levant l'index, vous savez comment fonctionnent ces machines ? C'est la première fois que je viens, je suis un peu perdu…

– Bonjour ! dit-elle sur un ton enjoué. Bien sûr, je peux vous renseigner, vous voulez travailler quels muscles ?

– Je ne sais pas, je n'y ai pas vraiment réfléchi…

– Il faut choisir les exercices en fonction de votre objectif. Si vous voulez faire un peu de renforcement musculaire, vous pouvez utilement commencer par des pompes. C'est bien, les pompes, ça sollicite beaucoup de muscles simultanément. Mais vous avez peut-être un but plus ciblé, par exemple les épaules si vous êtes nageur, ou bien les jambes si vous préparez le semi-marathon d'octobre ? »

Ses yeux noirs me transperçaient de part en part. Elle avait un très joli visage, et surtout un corps magnifique que son legging moulant mettait ostensiblement en valeur.

« J'aimerais simplement paraître plus musclé en général, dis-je sans conviction, enfin prendre un peu de masse…

– Je vois. Commencez par les pectoraux, les abdos et les biceps. Quatre séries de chaque devraient suffire, je vais vous montrer comment fonctionne la machine. »

Elle saisit deux poignées reliées à des poids en fonte et s'installa à califourchon sur le siège, en position cambrée. « Il faut tirer les poignées vers vous, comme ça. Veillez à garder le buste bien droit pour éviter de solliciter le dos. » Elle effectua des mouvements précis et agiles, gonflant sa poitrine à chaque inspiration. Une goutte de sueur perla sur ma tempe gauche, je détournai le regard pour ne pas passer pour un dégoûtant voyeur. Elle devait déjà avoir un amant, probablement un grand brun aux pectoraux saillants, ce n'était même pas la peine de tenter quoi que ce soit.

« Je… je vais commencer par ces exercices, balbutiai-je. Votre nom, c'est ?

– Nadia ! répondit-elle en me serrant la main. Nadia Azzaoui.

– Guillaume Carpentier, enchanté.

– Vous verrez, les premières semaines constituent un cap difficile mais ensuite vous ne pourrez plus vous en passer. On peut se tutoyer ?

– Bien sûr. »

Nous nous engageâmes dans une conversation légère, avec cette familiarité qui naît spontanément entre sportifs matinaux. Nadia correspondait assez exactement à l'image que l'on se fait de la *girl next door* : une jeune femme fraîche, avenante et sympathique, qui aimait parler de choses simples. J'appris qu'elle venait de fêter ses trente-deux ans et qu'elle travaillait comme vendeuse au magasin

Zara de la rue de Rivoli. C'était un métier usant, ingrat et mal payé, mais son optimisme indéfectible lui faisait garder espoir. À terme, elle espérait évoluer vers des postes davantage tournés vers le management. « Enfin, je ne vais pas t'embêter avec mes histoires, dit-elle joyeusement, je te laisse à tes exercices ! » Et elle se dirigea vers les tapis de course, le pas léger. J'admirais sa chevelure brune coiffée en queue-de-cheval, sa nuque gracile, ses fines épaules, et plus bas, ses deux longues jambes fuselées.

Les paroles de Cécile flottaient dans ma mémoire. La garce m'avait reproché de n'avoir « pas de courage ». Au fond, qu'est-ce qui m'empêchait d'aller voir cette Nadia et de lui proposer un rencard ? Qu'avais-je à perdre, si ce n'est une fierté déjà bien entamée par mes humiliations professionnelles et amoureuses ? Nicolas Sarkozy, lui, n'aurait pas hésité une seule seconde à aller l'aborder. C'était le moment ou jamais de passer à l'action.

Je me levai brusquement et marchai d'un pas décidé vers le tapis roulant où elle faisait son jogging.

« Excuse-moi, dis-je avec une assurance exagérée.

– Oui ?

– Ça te dirait d'aller boire un verre ce soir ? »

Elle retira ses écouteurs et arrêta la machine, faisant retomber un silence embarrassant.

« Pardon ?

– Euh… Je disais, est-ce que tu voudrais boire un verre ce soir… à Pigalle par exemple ? »

Ses grands yeux noirs s'écarquillèrent, incrédules. Je regrettai aussitôt d'avoir posé la question.

« Boire un verre ? demanda-t-elle en éclatant de rire. Mais pourquoi ? »

Je perdis soudainement tous mes moyens. « Eh bien…, bafouillai-je avec embarras, pour… pour faire connaissance entre sportifs quoi… » C'était ridicule, c'était sans doute la réponse la plus grotesque qui ait été formulée à cette question, j'avais envie de disparaître six pieds sous terre. Elle me regarda pendant d'interminables secondes avec un large sourire qui me semblait ouvertement moqueur, puis leva les yeux au ciel.

« Laisse tomber, fis-je en agitant les mains en signe d'excuse, oublie ce que je viens de dire. » Je retournai vers les machines de musculation, liquéfié de honte. Pour qui m'étais-je pris ? On était dans le réel, pas dans une comédie romantique hollywoodienne. La séduction n'était de toute façon pas mon fort ; d'aussi loin que je me souvienne, les femmes m'avaient toujours intimidé. Enfant, je percevais déjà qu'elles n'étaient pas comme nous, les garçons, je me disais que l'essence de leur personnalité avait quelque chose de fondamentalement différent. À l'école primaire ce n'était pas un problème, il suffisait de rester à distance d'elles pendant les récréations. Mais au collège et au lycée, les choses s'étaient compliquées, il fallait soudainement leur plaire, les conquérir, et ceux qui échouaient voyaient leur masculinité publiquement contestée. Naturellement, toutes mes tentatives s'étaient soldées par des échecs lamentables. L'année de mes seize ans, un commentaire d'une fille de ma classe m'avait utilement éclairé sur ces rejets systématiques : « Je ne vais pas sortir avec une victime », avait-elle déclaré. J'avais acquiescé, sans pleinement comprendre ce qu'elle voulait dire. Victime de quoi, au juste ? Ce n'est que bien plus tard que je compris le sens de sa phrase. Victime, je l'avais été tout au long de mon existence, vis-à-vis de mon frère, de ma conjointe, de mes élèves, et plus largement de la société française dans son ensemble, qui méprisait le métier d'enseignant. Étais-je né avec un terrain génétique favorable à la soumission, ou avais-je acquis cette faiblesse par l'éducation ? L'état des connaissances scientifiques ne permettait pas d'apporter de réponse claire à cette question, qui, en fait, n'avait aucune importance. La seule chose que je voyais, c'était que je me situais à la mauvaise extrémité de la chaîne alimentaire.

« Je me fais trop souvent aborder par des types lourds dans cette salle, c'est assez pénible », dit une voix dans mon dos. C'était Nadia, elle avait terminé son exercice et venait vers moi.

« Pardon, je ne voulais pas t'importuner, répondis-je immédiatement.

– Non non, justement. Je t'ai repoussé par automatisme, mais en fait, tu n'as pas l'air d'être le dragueur de base. Et puis je crois que j'en ai assez de me méfier systématiquement des hommes, ça ne me fait pas du bien. Du coup, c'est d'accord.

– Comment ça ?

– On peut aller boire un verre si tu veux. Ce soir, vingt heures à Pigalle, je t'attendrai à la sortie du métro. »

Elle m'adressa un clin d'œil, reprit sa serviette, et partit vers les vestiaires.

3.

Nadia était facilement repérable dans la foule. Grande, mince, elle affichait en permanence un sourire bienheureux qui tranchait avec les visages maussades des autres Parisiens. Elle me fit une bise chaleureuse et me proposa d'aller boire un verre rue de Douai, à deux minutes de marche. Cela me convenait, de toute façon je n'avais pas de contre-proposition à lui faire, les bars de mon quartier m'étaient à peu près tous inconnus.

Elle s'installa en terrasse et commanda tout de suite une bouteille de pouilly-fumé que le serveur apporta dans un seau rempli de glace. « À la tienne ! dis-je en entrechoquant nos verres. Tu viens souvent dans ce bar ? » Cela me paraissait une bonne phrase d'accroche. « J'aimerais bien, répondit-elle, mais je n'ai pas les moyens de sortir dans le quartier. Zara paie toutes ses vendeuses au Smic malgré ses 19 milliards d'euros de chiffre d'affaires. Ce n'est pas dramatique, j'arrive à m'en sortir, mais c'est vrai que la plupart de mon argent part dans le loyer.

– Tu pourrais habiter en banlieue.

– Alors ça, jamais ! protesta-t-elle avec un geste indigné. Il est hors de question que je devienne une beurette de Seine-Saint-Denis. J'ai quitté ma ville natale pour rejoindre Paris, pas sa périphérie sinistre. Je préfère encore habiter une chambre de bonne qu'un bloc décrépit avec des paraboles aux balcons. »

Je regardai son visage dans la lumière du soleil couchant : nez fin, lèvres ourlées, teint mat – la perfection méditerranéenne. Elle portait des boucles d'oreilles discrètes et un peu de rouge à lèvres, suffisamment pour embellir sa bouche sans la rendre vulgaire. La douceur de ses yeux, rehaussés de longs cils noirs, me bouleversa complètement.

Elle continua de bavarder avec une aisance décontractée, racontant spontanément toutes sortes d'histoires de sa vie sans chercher à m'impressionner ou à me séduire. En une heure de conversation, j'appris une ribambelle d'anecdotes à son sujet. Elle aimait la fondue savoyarde, le karaoké et les films avec Fabrice Luchini. Elle détestait le réchauffement climatique, la cruauté envers les animaux et Marine Le Pen. Pour son prochain anniversaire, elle rêvait de faire un saut en parachute. Son animal préféré était le labrador, réputé pour sa fidélité. Plus tard, elle voulait prendre une année sabbatique pour voyager en Amérique latine. En somme, c'était une fille fondamentalement normale.

Néanmoins, malgré cette apparente banalité, elle me surprit à plusieurs reprises par certaines références culturelles incongrues qu'elle lâchait dans la discussion comme un cheveu sur la soupe. « Ce qu'on oublie souvent à propos de Victor Hugo, dit-elle par exemple, c'est que la IIIe République – si prompte à l'idolâtrer – aura trahi sans scrupule le contenu de son testament : "Je donne cinquante mille francs aux pauvres. Je désire être porté au cimetière dans leur corbillard. Je refuse l'oraison de toutes les églises ; je demande une prière à toutes les âmes." Quasiment aucune de ces dernières volontés n'a été respectée, la Chambre des députés a au contraire décidé de lui organiser des funérailles nationales, d'exposer son cercueil une nuit entière sous l'Arc de triomphe, puis de le convoyer jusqu'au Panthéon où il est devenu l'un de ces grands hommes auxquels la Nation est reconnaissante. Léon Daudet a noté plus tard : "L'exploitation politique des cadavres est une tradition républicaine", et il avait raison. Au fond, Hugo, toutes les élites s'en foutaient, ce spectacle n'était qu'une façon de servir une idéologie républicaine encore balbutiante après des décennies de monarchie et d'empire. Il faut avouer que ça a bien fonctionné, deux millions de personnes ont descendu les Champs-Élysées pour suivre le cortège funèbre, tu te rends compte ? C'est plus qu'à la Coupe du monde 1998 ! Hugo est le Zidane du XIXe siècle. »

J'ouvrais des yeux médusés en sirotant mon vin blanc. Juste avant de venir, je m'étais demandé autour de quoi tournerait la conversation. Nous étions de parfaits inconnus l'un pour l'autre mais surtout j'étais professeur et elle vendeuse ; la distance entre nos deux milieux sociaux m'avait bêtement fait miroiter une position intellectuelle dominante. Je m'étais imaginé pouvoir l'éblouir par l'ampleur de ma culture, l'épater par la profondeur de mes analyses, la fasciner par l'intelligence de mes bons mots, mais en réalité, c'est elle qui m'en mettait plein la vue.

Le pouilly-fumé fut rapidement terminé et déploya son pouvoir désinhibiteur. Nadia commanda un pichet supplémentaire de blanc et un assortiment de tapas. J'en appris un peu plus sur son passé et son histoire personnelle. Elle avait grandi à Reims, la cité des sacres et du champagne, dans un bloc HLM du quartier populaire de Croix-Rouge. À l'occasion d'un voyage de classe, elle avait pu découvrir Paris, la ville de tous les possibles, géographiquement voisine mais sociologiquement à des années-lumière de son quartier. L'architecture de la capitale l'avait subjuguée dès la sortie du car scolaire. « Quand tu viens de province, m'expliqua-t-elle, Paris t'éblouit d'abord par ses immeubles haussmanniens. Ça m'impressionnait énormément, je rêvais d'habiter dans un de ces bâtiments en pierre de taille ornés de balcons filants, de colonnes cannelées, toujours coiffés de la traditionnelle toiture en zinc. J'étais fascinée aussi par les petites cheminées en argile, ces touches d'orange qui font pétiller les sommets de la ville. Je m'imaginais assise sur un toit de la Rive gauche, le regard perdu à l'horizon, grisée par le fourmillement urbain en contrebas… Un peu comme le cuistot dans *Ratatouille*, tu vois ? Évidemment ça ne s'est jamais produit, aujourd'hui je suis plutôt à la place du rat : prisonnière de ma chambre de bonne comme un rongeur en cage. Je suppose que je peux tirer un trait sur l'appartement de mes rêves avec parquet et moulures… »

Elle vida son verre d'un trait et picora quelques olives. Un vendeur pakistanais tenta de nous refourguer une rose, en vain. « Bref, on n'est pas là pour déprimer ! fit-elle avec un brusque regain d'énergie. Tu veux encore un verre ?

– Je commence à être bourré...

– Tant mieux, c'est à ça que ça sert. S'il vous plaît ! cria-t-elle au serveur. On va vous prendre deux spritz, et faites-les bien corsés, je ne veux pas d'un Perrier à l'orange ! »

Le garçon apporta les cocktails en maugréant. Elle embraya ensuite sur des questions personnelles destinées à me faire parler de moi, ce que j'ai toujours détesté. Je consentis tout de même à lui fournir des informations factuelles sur ma situation : j'étais né à Brest, j'exerçais le métier d'enseignant en histoire-géographie, et j'avais un grand frère qui habitait Neuilly-sur-Seine.

« J'imagine que tu le vois très souvent, dit-elle.

– Pas vraiment, non. En fait, c'est même le contraire : moins je le vois, mieux je me porte.

– Vous êtes brouillés ?

– On n'a simplement pas grand-chose en commun. »

C'était un euphémisme. Henri venait de fêter ses quarante ans et exerçait la fonction de directeur général adjoint dans un fonds d'investissement basé à la Défense. Il aimait le golf, les Porsche Cayenne et les chemises Ralph Lauren ; je préférais la PlayStation, le vélo et les sweats à capuche. Il écoutait du jazz ; j'avais grandi avec le punk. Il possédait une résidence secondaire à Biarritz ; j'allais en vacances dans la maison de mes parents en Bretagne. Malgré tout, nous étions frères, et cette relation revêtait à ses yeux un caractère sacré, à l'origine de nombreuses tentatives de rapprochement de sa part. Je n'y donnais suite que très rarement, non par hostilité, mais par indifférence pure et simple.

Nadia m'interrogea ensuite sur mes expériences amoureuses. Il n'était pas possible de faire l'impasse sur mes douze années en couple avec Cécile, tant ma vie avait été imbriquée dans la sienne. À ma grande surprise, elle sembla plutôt rassurée par cette liaison passée. Elle aussi avait connu une relation longue, qui s'était terminée cinq ans auparavant dans la douleur et les larmes. « Anthony était un gros beauf, analysa-t-elle, il n'y a pas d'autre façon de le décrire. Tout ce qui l'intéressait, c'était sa moto Kawasaki et le score du PSG en Ligue 1. Je n'arrive pas à expliquer pourquoi je suis tombée amoureuse de lui. Pendant des années, il ne m'a accordé qu'une attention secondaire, essentiellement limitée à ses envies de sexe. Jamais il ne s'est intéressé à ma personnalité, à mes goûts, à mes aspirations ; la psychologie féminine lui échappait totalement. J'ai tenté jusqu'au bout de tisser un lien justifiant cette relation absurde, mais c'était peine perdue. Après trois années de frustration, une amie m'a appris qu'il me trompait avec une blondasse peroxydée rencontrée sur Tinder. J'ai pleuré pendant six mois, humiliée par ma propre naïveté... Il m'a brisé le cœur. Aujourd'hui encore, je ne me sens plus capable d'aimer et de faire confiance à un homme. D'ailleurs... » Elle but une gorgée de spritz puis détourna la tête, honteuse. « D'ailleurs, je n'ai pas revu un seul mec depuis notre rupture...

– C'est-à-dire ?

– Tu m'as bien comprise : je n'ai pas de vie sexuelle depuis cinq ans. »

Je restai interdit. L'éblouissante gazelle de Stay-Fit était en réalité une petite biche blessée par la vie. Il fallait la rassurer, manifester de l'empathie, c'était certainement ce qu'elle attendait de moi. « Notre société accorde trop de valeur au sexe, déclarai-je dans l'espoir de démontrer une grande maturité. Ce qui compte vraiment dans une relation, c'est la confiance et la fidélité. » Elle passa une main dans ses cheveux en souriant timidement. « Tu es gentil… Dès que je t'ai vu, j'ai su que tu étais quelqu'un de bien. »

Une demi-heure plus tard, le serveur apporta l'addition : 112 euros. Je réglai l'intégralité de la somme en parfait gentleman, non sans une pensée pour mon découvert qui s'aggravait dramatiquement. Nous remontâmes ensuite la rue Blanche en souriant niaisement, étourdis par l'ivresse et la chaleur de la nuit. La situation me paraissait invraisemblable : j'étais délivré de mon affreuse ex-conjointe, une femme splendide venait de passer la soirée avec moi, et deux mois de vacances se profilaient à l'horizon. La chance était vraisemblablement en train de tourner.

Arrivé au niveau de la station de métro, je pris conscience qu'il était déjà minuit et que notre idylle allait prendre fin d'une minute à l'autre. Nadia s'approcha de moi en minaudant : « J'ai passé une soirée formidable, murmura-t-elle en me prenant les mains. Je serai heureuse de te revoir, ailleurs qu'à la salle de sport, bien sûr. » J'acquiesçai et la transperçai d'un regard que j'espérai ténébreux. Le compte à rebours était lancé, il fallait agir vite, ne pas réfléchir. D'un seul coup, je portai mes lèvres aux siennes. Ça y était. Le premier baiser. Elle y répondit naturellement, avec passion et sensualité, éveillant en moi un sentiment grisant de triomphe, de grande victoire remportée sur mon passé. Immédiatement après, elle me proposa d'aller « prendre un dernier verre » chez elle. Cette fois-ci, j'avais bel et bien droit au bonheur.

4.

Les premières lueurs du jour filtraient à travers le Velux et Nadia dormait encore paisiblement, alanguie en travers du lit comme une reine de Saba. Un parfum aux notes d'agrumes et de menthe émanait de ses cheveux en bataille. Je me pelotonnai contre son corps chaud, posai une main sur son sein. Accepterait-elle de me revoir après cette nuit d'amour ? M'étais-je montré à la hauteur de ses attentes ? S'agissait-il d'un coup d'un soir ou du début d'une belle aventure ? Mille questions se bousculaient dans mon esprit hébété par ce qui venait de se produire.

« Quelle nuit ! dit-elle soudain en s'étirant. Ça m'a fait un bien fou, après toutes ces années... Tu es plutôt doué comme partenaire. » Elle m'adressa un sourire complice et s'assit sur le lit. « Merci..., répondis-je en rougissant. Ne bouge pas, je vais préparer le petit-déjeuner. » Je me levai pour allumer sa vieille cafetière électrique pendant qu'elle remettait ses sous-vêtements jetés au pied du lit. Dans son frigo mal dégivré gisaient un fond de jus d'orange, de la mauvaise confiture d'abricot et quelques tranches de pain de mie industriel. Je disposai le tout sur un plateau et lui apportai au lit. En préparant les tartines, j'aperçus un exemplaire de *Voyage au bout de la nuit* sur sa table de chevet. « Tu lis Céline ? demandai-je en feuilletant l'ouvrage.

– Oui, je m'y suis plongée le mois dernier. Après la polémique sur la réédition de ses pamphlets antisémites, j'ai eu envie d'en savoir plus et de lire son premier roman. Je n'imaginais pas prendre une telle claque. J'ai dévoré *Le Voyage* d'une seule traite, avec l'impression de redécouvrir le pouvoir de la littérature. »

Décidément, elle n'avait pas qu'un physique. J'avais du mal à cerner l'origine de ses connaissances littéraires. Des pans entiers de la sociologie montraient que les « jeunes issus de l'immigration » étaient tenus structurellement à l'écart de la culture classique, pourtant Nadia défiait ces prédictions, un enchaînement de circonstances particulières à son histoire l'avait poussée à préférer Gallimard à NRJ 12.

« Ne le prends pas mal, dis-je avec prudence, mais comment tu t'es retrouvée vendeuse ? » Elle trempa ses lèvres dans le café et baissa les yeux. « C'est assez simple, tu sais… Mon père était employé à la poste et ma mère cantinière dans une école primaire. Avec de tels modèles parentaux, je ne me suis jamais projetée plus loin que dans des métiers d'exécutante. Eux, par contre, voulaient absolument que je m'élève au-dessus de leur condition, ils ont beaucoup insisté pour que je fasse des études. Du coup, en 2003, je me suis inscrite en fac d'éco-gestion à Reims.

C'était le comble du prestige pour eux, leur fille unique étudiait à l'université, tu n'imagines pas leur fierté ! "Polytechnique, rêve de toutes les mères", notait Flaubert dans son *Catalogue des opinions chics*, eh bien le rêve de la mienne, c'était l'université de Reims-Champagne-Ardenne. Moi-même je m'étais laissé convaincre, l'idée d'intégrer ce temple du savoir m'excitait assez, je pensais y rencontrer des personnalités brillantes qui me pousseraient à donner le meilleur de moi-même. En réalité, dès la première semaine de septembre, je suis tombée de haut : une succession de profs dépressifs enchaînaient des cours soporifiques dans un amphi menaçant de s'écrouler. On nous bourrait le crâne avec des trucs abscons : les agrégats macro-économiques, la nomenclature des comptes financiers, la gestion budgétaire et comptable publique... C'était de la théorie pure, incroyablement technique, en décalage total avec le niveau et les attentes des étudiants. Et sur la forme ce n'était pas mieux, les profs lisaient à voix haute des manuels d'économie pendant d'interminables cours magistraux que l'on recopiait mot à mot, comme des enfants qui écrivent sous la dictée. Je ne comprends pas pourquoi on impose encore ce mode d'enseignement. Au bout de trois mois, la moitié de la promo avait décroché. Moi je ne voulais pas décevoir mes parents, donc j'ai tenu trois ans, juste assez pour obtenir ma licence. J'ai essayé de trouver du boulot dans la foulée, mais il était clair qu'aucun employeur ne recherchait les compétences que l'université m'avait transmises. Fin 2006, quand j'ai compris que mon diplôme ne servait à rien, j'ai filé direct à Paris pour gagner ma vie et j'ai trouvé ce job de vendeuse. »

Le jus d'orange concentré laissait un goût acide sur la langue. Mon expérience des études d'histoire à Tolbiac avait été comparable, et je savais bien que, sans les concours de l'Éducation nationale, je me serais moi-même retrouvé vendeur dans une boutique de musée.

Je lui demandai si elle regrettait sa décision d'avoir arrêté prématurément les études. Elle réfléchit en mastiquant sa tartine de confiture. « Je ne sais pas… Un peu, oui. C'est sûr que j'avais les capacités intellectuelles pour obtenir un meilleur diplôme. Il aurait suffi que je paye un master dans une grande école pour que mon salaire actuel soit multiplié par trois. Mais bon, c'est du passé… » Elle poussa un soupir de découragement et promena son regard sur de vieilles photos d'enfance punaisées au mur. « Quand même, on joue sa vie bien trop tôt… », dit-elle tristement. Je lui secouai les épaules pour la revigorer : « Tu pourrais reprendre des études ! Ça se fait encore à ton âge, tu as seulement trente-deux ans.

– J'y ai pensé, mais il me faudrait de quoi vivre et payer mon loyer pendant deux ans alors que je n'ai rien mis de côté. Même en faisant attention, je finis à découvert tous les mois, impossible d'épargner le moindre euro. Ce n'est franchement pas envisageable… Heureusement, j'ai la chance d'avoir un manager qui me fait confiance, dans quelques années je pourrai passer responsable de rayon, ça me fera une augmentation de 250 euros net, c'est déjà beau. »

Elle repositionna l'oreiller et s'appuya contre moi. Responsable de rayon… Ses perspectives d'avenir étaient peu enthousiasmantes, pourtant elle les acceptait car elle n'avait pas le choix. Son diplôme – ce document qui certifie moins les compétences que le milieu social d'origine – agissait comme un plafond de verre sur ses ambitions professionnelles. Pour elle, l'histoire était déjà écrite, elle enchaînerait des jobs abrutissants pendant 172 trimestres pour finalement toucher une retraite équivalente au Smic de la Roumanie. Mes collègues syndiqués y voyaient certainement un capitalisme inhumain, mon frère une inévitable sélection naturelle, et moi-même, je ne savais plus très bien ce qu'il fallait en penser.

5.

Je sortis de son appartement et remontai le boulevard de Clichy, l'esprit troublé. Le ciel matinal était d'une clarté immaculée, seules quelques mouettes amenées par la Seine planaient calmement dans l'azur. J'avançais d'un pas lent, les mains fourrées dans les poches. On joue sa vie bien trop tôt, telle était sa conclusion. Elle s'était fait piéger, voilà tout, piéger par son environnement familial et les déterminismes sociaux. Des individus aux capacités intellectuelles nettement inférieures touchaient une rémunération nettement supérieure, en toute impunité. Eva, la femme de mon frère Henri, en était l'archétype. Ses cinq années d'études de droit lui avaient demandé des efforts minimes : assister aux TD deux heures par jour, rendre quelques devoirs écrits qu'elle pompait sur internet, surligner les articles importants du Code civil. Une semaine avant les examens, elle mémorisait l'intégralité de ses cours par cœur, à l'image de ces poèmes que l'on récite à l'école primaire, puis les transcrivait mot pour mot dans sa copie. Les résultats étaient spectaculaires : la première année elle avait obtenu une moyenne générale de 15/20 ; la seconde, de 16 ; et la troisième elle passait major de promotion. Eva avait ensuite été admise dans un master sélectif à Assas qui se résumait à des conférences d'anciens élus sur des thèmes affligeants (« Le libéralisme économique est-il *vraiment* un modèle universel ? ») et à des exposés bidon entièrement tirés de Wikipédia. Elle avait obtenu la mention bien, avait complété sa formation par un master à l'Essec, et avait été embauchée dès sa sortie de l'école au siège social de Naval Group, fleuron industriel français produisant navires de guerre, drones tueurs, torpilles sous-marines et systèmes de lancement de missiles. Là, elle occupait le poste de directrice juridique en échange d'une rémunération mensuelle de 11 540 euros net (mon frère Henri m'en avait glissé le montant après avoir picolé trop de sauternes au Noël précédent), soit très exactement dix fois le salaire d'une vendeuse. Y avait-il une justice ? En un sens, oui : Nadia aurait pu s'inscrire gratuitement en fac de droit et suivre le même parcours, on pouvait donc considérer que son échec lui était entièrement imputable.

Pourtant, j'en avais la conviction, elle serait tout aussi compétente qu'Eva pour occuper un poste à responsabilités. L'immense majorité des connaissances théoriques acquises à l'université s'oublient après quelques années, parfois même après quelques mois ; en fait elles disparaissent tout simplement du néocortex et du lobe temporal si elles ne sont pas sollicitées régulièrement. Dans ces conditions, les études supérieures ne servent à peu près à rien, si ce n'est à développer un esprit vaguement critique, d'un niveau suffisant pour suivre un débat animé par Cyril Hanouna. La plupart des métiers s'apprennent sur le tas, chacun pouvait en faire l'expérience. Eva elle-même avait très peu pratiqué le droit des affaires avant son arrivée chez Naval Group et s'était débrouillée pour en apprendre les ficelles sur le terrain. Un peu de bon sens et d'intelligence sociale avaient ensuite suffi à lui faire gravir les échelons. Nadia aurait pu en faire autant.

En passant devant le Moulin Rouge, je fus subitement frappé par un coup de génie, une idée révolutionnaire qui me paraissait tout à coup relever de l'évidence : si le seul obstacle à l'épanouissement de Nadia était un diplôme, alors j'allais lui en fournir un. C'était un projet illégal, mais dont la réalisation était d'une facilité déconcertante. Il me suffisait de scanner le diplôme d'HEC de mon frère et de remplacer son nom par celui de Nadia grâce à un logiciel de retouche. Elle pourrait ainsi se faire embaucher à un poste grassement rémunéré. Pour la première fois de ma vie, je fonçai sans réfléchir.

J'accélérai le pas : il était huit heures et quart, en me dépêchant je pouvais arriver chez Henri avant sa femme de ménage (qui venait chaque lundi à neuf heures) et subtiliser son diplôme. Je craignais d'avoir égaré le double de clés qu'il m'avait confié des années plus tôt, mais en repassant chez moi je constatai qu'il se trouvait toujours dans le tiroir de ma commode. Je ressortis en vitesse et pris le métro pour aller à Neuilly-sur-Seine.

Vingt minutes plus tard, j'étais devant la porte de son appartement. Je patientai quelques secondes sur le palier, immobile malgré ma fébrilité. Aucun bruit, sa femme et lui devaient être déjà partis au travail. « La voie est libre », murmurai-je comme un acteur de mauvais film d'espionnage. Je déverrouillai la serrure et poussai la lourde porte Tordjman à sécurité renforcée.

Leur intérieur n'avait pas changé : une caricature de salon bourgeois du XIXe siècle. Il y avait là un somptueux buffet Napoléon III, une magnifique bibliothèque Directoire, un splendide canapé Consulat, et bien sûr une étincelante pendule Empire, posée sur une cheminée en marbre d'une brillance invraisemblable. Henri et Eva avaient déboursé des sommes astronomiques pour se procurer ces meubles, ils tenaient à tout prix à passer pour un couple raffiné auprès de leurs amis de l'Ouest parisien. L'illusion était presque parfaite, à un détail près : la télévision. Cette gigantesque dalle clinquante et vulgaire, d'une envergure de près de deux mètres, ne laissait aucun doute sur leur véritable nature. Seuls des parvenus incultes pouvaient oser faire trôner un écran Samsung d'aussi mauvais goût dans un salon de ce genre, et pour quelle utilité ? regarder *Top chef*, au mieux. J'imaginais Eva rentrer du travail épuisée, se débarrasser de ses Louboutin, enfiler un jogging informe et se vautrer devant sa pathétique téléréalité avec une bière. Elle n'avait probablement jamais ouvert les Pléiade qui décoraient la bibliothèque en merisier.

Je déambulai au hasard dans l'appartement. Où pouvait se cacher le foutu diplôme de mon frère ? Je fis un tour dans leur chambre et examinai un à un chacun des placards avec la minutie d'un agent de la Stasi. L'un d'eux renfermait toute la lingerie d'Eva ; elle avait une superbe collection de strings, ainsi que des porte-jarretelles et une fine guêpière en dentelle rouge. Je n'étais pas vraiment étonné, Henri avait déjà laissé entendre que sa vie de couple recelait des trésors sexuels ; il avait eu plus de chance que Cécile et moi.

Je poursuivis mon inspection de la chambre et ouvris une armoire où je trouvai de nombreux dossiers : relevés bancaires, attestations de sécurité sociale, contrats de travail... Ce devait être là, c'était incontestablement l'endroit où ils rangeaient leurs documents officiels, mais il m'aurait fallu toute la matinée pour trier ces milliers de pages et mettre la main sur le diplôme en question. Je consultai ma montre : huit heures cinquante, c'était fichu, la femme de ménage allait débarquer d'une minute à l'autre.

J'empruntai avec dépit le couloir menant vers le vestibule. On avait vraiment affaire à un bel appartement, en tout point supérieur au mien, et ils en étaient propriétaires. Henri et Eva avaient indéniablement réussi. Avais-je, pour autant, échoué ? La réponse était moins claire, elle dépendait du sens que chacun attribuait à ces mots, mais la plupart des observateurs auraient quand même considéré que oui, j'avais sacrément raté ma vie.

Avant de sortir, je remarquai un petit cadre suspendu à côté du tableau de clés et m'en approchai, intrigué. Il était là ! Son diplôme était là, sous mes yeux, encadré et accroché au mur. « HEC Paris certifie que le diplôme de master en management de la stratégie est conféré à

M. Henri Carpentier au titre de l'année 1999-2000, assorti de la mention bien. » Je restai sans voix. Ce mégalo l'avait placé à l'entrée même de son logement, comme un avertissement aux visiteurs pénétrant chez lui. Attention, vous êtes dans la demeure d'un diplômé d'HEC, un mâle alpha, un homme à l'intelligence et au courage exceptionnels, un vétéran de la prépa, quelqu'un à qui vous devez le respect. C'était son trophée de chasse. Certains exposent une tête de grizzli égorgé au cran d'arrêt, d'autres un diplôme d'école de commerce parisienne.

Il ne me restait que quelques minutes pour le dérober. Je démontai adroitement le cadre pour en extraire le papier et retournai en courant vers le bureau d'Henri. Le mot de passe déverrouillant son ordinateur était le même depuis vingt ans, « greedisgood », une référence au premier *Wall Street* d'Oliver Stone. Il ne me fallut que quelques secondes pour brancher son scanner, effectuer une copie et me l'envoyer par mail ; un jeu d'enfant.

De retour chez moi, je mis en route mon PC et téléchargeai Adobe Photoshop. La retouche fut d'une simplicité déroutante, en moins d'une heure je parvins à m'initier aux fonctions de base du logiciel, à procéder aux corrections graphiques nécessaires et à imprimer le diplôme en mode haute résolution. Le rendu final était confondant de réalisme : « HEC Paris certifie que le diplôme de master en management de la stratégie est conféré à Mme Nadia Azzaoui au titre de l'année 2007-2008, assorti de la mention bien. » Bien sûr, un observateur attentif aurait pu déceler quelques imperfections avec une loupe, mais je faisais le pari que personne n'irait vérifier d'aussi près. La plupart des recruteurs se contentent de jeter un vague coup d'œil à des photocopies en noir et blanc, il était évident qu'on pouvait les berner sans difficulté.

Je pris conscience qu'en une matinée je venais de faire économiser à Nadia cinq ans d'études et près de 40 000 euros de frais de scolarité. C'était en tout cas ce qu'avait payé mon frère pour ses années d'école. Il s'agissait d'une dépense considérable – qui l'avait obligé à contracter un emprunt bancaire sur dix ans – mais elle lui avait garanti une rémunération généreuse et des conditions de travail confortables pour le restant de son existence. Pour cette somme, on pouvait également s'offrir les services d'une mère porteuse canadienne ou d'un tueur à gages albanais. C'était, en quelque sorte, le prix de la vie.

6.

Le soir même, à l'heure de la fermeture des commerces, j'attendis Nadia à la sortie de son travail pour lui expliquer mon plan. « Tu es venu me chercher ! s'exclama-t-elle avec un sourire rayonnant. C'est adorable… » Elle me fit un long baiser, plein de tendresse et de reconnaissance, et me proposa d'aller prendre l'apéritif au bord de la Seine.

Nous nous installâmes à la pointe de l'île Saint-Louis, juste derrière Notre-Dame. À nos pieds, un couple de cygnes barbotait dans l'eau et quelques canards colverts tentaient de trouver un peu de fraîcheur à l'ombre. Pour une fois, l'endroit n'était pas bondé, seul un groupe d'étudiants Erasmus buvaient des bières tièdes en contemplant le fleuve.

Je débouchai nerveusement la bouteille de rouge que nous avions achetée en chemin, une excitation incontrôlable me submergeait mais je décidai de ne pas aborder le sujet du diplôme tout de suite. Il était préférable que Nadia boive un verre afin d'être plus réceptive. Je la laissai donc me raconter les hauts et les bas de sa journée de travail. « Comme d'habitude, je me suis tapé des clientes russes odieuses qui ont gâché mon après-midi. J'ai dû leur apporter au moins quatorze modèles de jeans différents. Tout ça pour qu'elles me balancent : "*This is shit ! Bad quality !*" Elles devaient faire du shopping dans Paris depuis des heures, voire des jours... Elles ne sont là que pour ça, ces connes ! Se projeter dans une version fantasmée de notre culture, une France de publicités de parfums. Je ne les supporte plus... »

Son amertume m'offrait une excellente occasion de rebondir. « Tu ne peux pas continuer à subir ce genre d'humiliations au travail, décrétai-je avec conviction. Tu vaux mieux que ça.

– Peut-être, mais c'est sans issue, on en a déjà parlé ce matin...

– Écoute, fis-je en me redressant avec détermination, mettons que tu disposes d'un bon diplôme et d'une solide expérience en entreprise. Est-ce que tu aurais envie d'accéder à un poste à responsabilités ?

– Arrête... De quoi tu me parles là ?

– Imagine que tu puisses ! »

Elle réfléchit, prit une olive noire qu'elle suçota consciencieusement, puis recracha le noyau. « Tu veux dire dans un grand groupe comme celui dans lequel travaille ta belle-sœur ? Évidemment que oui... » Je lui demandai si elle était bien consciente que ce genre de fonctions pouvaient s'avérer bien plus fatigantes et stressantes que son métier actuel. « Oui, je suis au courant : les horaires, la pression… Mais je passe déjà mes journées à effectuer des tâches éreintantes, ça ne peut pas être pire. Et puis, avec autant d'argent, ma vie serait transformée, tout deviendrait plus facile. Donc oui, évidemment, j'aimerais avoir autant de chance qu'Eva. »

Je nous resservis une tournée de vin rouge et admirai Notre-Dame, majestueuse dans le couchant. De fins nuages teintés de rose s'étiraient au-dessus de la ville, et quelques couples de touristes se prenaient en photo pour immortaliser leur lune de miel ; nous vivions un instant résolument romantique.

« Alors, dis-je en fouillant dans mon sac à dos, j'ai quelque chose à te montrer. » Je lui tendis le diplôme sans un mot. Elle l'examina en fronçant les sourcils.

« Qu'est-ce que c'est que ce truc ?… Un master d'HEC ? Pourquoi il y a mon nom dessus ?

– C'est ton diplôme, enfin ça aurait été le tien si tu avais fait le choix de poursuivre tes études.

– Qu'est-ce que tu racontes ? D'où tu le sors ?

– Ça n'a pas d'importance. Écoute, ce que je te propose, c'est de vivre la vie que tu aurais pu avoir si tu avais été mieux conseillée. Peut-être existe-t-il dans une réalité alternative une version de toi-même ayant fait des choix différents, et peut-être que cette Nadia mène une vie bien plus facile, heureuse et prospère. Il ne s'agit pas de tricher, mais simplement de corriger la mauvaise décision que tu as prise dans ta jeunesse, de renouer avec la vie meilleure qui aurait dû être la tienne. »

Elle me fixa avec une mine ahurie comme si je venais de

lui annoncer ma conversion à la scientologie. Je m'efforçai de demeurer impavide et solennel pour qu'elle comprenne bien que l'heure n'était pas à la plaisanterie mais aux choix cruciaux. Le silence, à peine troublé par le clapotis de l'eau, soulignait la gravité de l'instant.

« Tu as complètement pété les plombs…, dit-elle finalement en croquant une tomate cerise. Et comment je suis censée m'y prendre ? J'envoie un CV intégralement truqué pour un poste auquel je ne connais rien ? Je ne suis pas ce genre de fille, mentir et gruger, c'est hors de question.

– Tu es cultivée et vive d'esprit, tu pourrais préparer n'importe quel entretien et faire le boulot que tu veux en apprenant sur le tas. »

Je sortis mon téléphone, me connectai à un site de recherche d'emploi pour cadres supérieurs, et consultai les offres. « Regarde ça : directrice de la business unit Raffinage et pétrochimie chez Total, 200 k€ brut annuels.

– Autant que ça !

– Associée Risk Advisory, Deloitte, 150 k€ + variable.

– Tu fais quoi là ?

– Je feuillette le catalogue de ton avenir, tu veux bien m'aider à choisir ? »

Elle leva les yeux au ciel pour me signifier qu'elle ne prenait rien de tout cela au sérieux, mais accepta quand même le petit jeu. « Vas-y, dit-elle, fais-moi rêver.

– Responsable marketing chez L'Oréal ?

– Non, trop superficiel.

– Cheffe de pôle à l'ONG Oxfam ?

– Trop zadiste.

– Journaliste à *Valeurs actuelles* ?

– Pas assez Charlie.

– Directrice commerciale de Pernod Ricard ?

– Ah, là tu sais me parler ! Le travail au service de l'hédonisme.

– Ils se définissent comme des "créateurs de convivialité", ça te correspond bien. »

Nous poursuivîmes en enchaînant les verres de vin. Détendue par l'alcool, Nadia se projetait dans différentes fonctions avec un enthousiasme badin, comme on essaye parfois des vêtements hors de prix par curiosité. Son visage rieur surpassait en tout point celui des étudiantes blafardes assises à nos côtés. J'avais décidément affaire à une beauté solaire, un véritable joyau ; « *shine bright like a diamond* », auraient dit mes lycéens en pensant citer Shakespeare.

« Attends, fis-je avec un regain de sérieux, jette un œil à cette offre : directrice RSE chez Accor. Ça t'intéresserait, l'hôtellerie ?

– RSE..., murmura-t-elle en réfléchissant. C'est l'écologie et les enjeux sociaux, c'est ça ? On en avait rapidement parlé à la fac... Pourquoi pas, oui. C'est l'une des rares fonctions de l'entreprise qui n'est pas uniquement liée à la recherche de profit, et puis il y a une certaine noblesse dans l'hôtellerie, la volonté d'accueillir, de créer du confort. »

Je lus à haute voix le descriptif du poste : « Accor s'engage avec conviction dans la création de valeur ajoutée durable et joue un rôle actif auprès des communautés locales en contribuant à la préservation de la planète. Dans ce cadre, le/la directeur/directrice RSE s'emploie à agir en faveur d'une hospitalité positive, avec d'ambitieux objectifs à l'horizon 2020 jalonnés de milestones alignés sur les orientations stratégiques définies au niveau groupe. Il/elle mettra en place des processus assurant un management de l'environnement encadré en déployant des lignes directrices de construction et de maintenance durables. Il/elle est membre du Comex. »

Nadia écarquilla les yeux, déconcertée. « Je n'ai rien compris », dit-elle. Je lui expliquai que l'offre était pourtant claire : on lui proposait un paquet d'argent pour faire semblant de sauver la planète.

C'était un poste possiblement accessible pour une diplômée d'HEC avec dix ans d'expérience, mais je ne voulais pas me réjouir trop vite, il ne fallait pas perdre de vue que, malgré un dossier prestigieux, rien ne lui garantissait d'être reçue en entretien. Plusieurs scénarios étaient possibles : la direction pouvait être contrainte de placer une personne pistonnée, ou bien le poste était déjà pourvu, ou bien ils recherchaient un homme, ou bien encore son nom à consonance arabe ferait l'objet d'une discrimination immédiate. Peu importe le motif, un refus de la part d'Accor la découragerait irrémédiablement et la conforterait dans sa réticence initiale. Elle en sortirait immanquablement déçue, et ce fiasco la conduirait à nourrir une rancœur à mon égard. En somme, je n'avais pas droit à l'erreur.

La bonne nouvelle était que mon frère connaissait quelqu'un chez Accor. Était-ce un camarade de promo ? Un ancien collègue ? Je ne savais plus exactement, mais j'étais certain qu'il avait un contact au sein de l'entreprise. « Il faut que tu viennes dîner chez Henri, dis-je en reposant mon téléphone. Il connaît quelqu'un qui pourrait appuyer ta candidature, ça pourrait être ta chance.

– Guillaume, tu délires ? On regardait ces offres pour rire.

– Au contraire, je suis très sérieux. Tu n'as rien à perdre, dans le pire des cas, le recruteur ne donne pas suite à ta candidature, et dans le meilleur, ta vie est révolutionnée du jour au lendemain. »

Elle afficha un air sceptique.

« Allez, l'encourageai-je, tu pourras rencontrer mon frère et sa buse de femme. En plus on va bien manger, je les connais, ils commanderont à dîner chez le meilleur traiteur libanais de Paris. »

Elle finit par se laisser convaincre, davantage pour me faire plaisir que par réelle volonté. Sur le quai, les vieux réverbères s'allumèrent progressivement et projetèrent sur nous leur lumière orangée.

7.

Le lendemain, désireux de m'évader de mon quartier, je décidai d'aller me balader Rive gauche malgré le soleil de plomb qui s'abattait sur la ville. Je descendis vers le sud en passant par l'Opéra Garnier et la place de la Concorde, puis empruntai les quais vers le centre. Sur la place Saint-Michel, la fontaine crachait une eau fraîche dans laquelle s'ébrouait un jeune golden retriever, et un peu plus haut, Boulinier avait déployé ses étals de livres d'occasion à l'ombre des platanes. J'aimais bien cette vieille librairie familiale qui s'efforçait de démocratiser l'accès à la littérature en cassant les prix ; pour rien au monde je ne me serais rendu chez son concurrent, l'horripilant Gibert Joseph, avec sa devanture criarde, son intérieur sans âme, et ses rayonnages suffocants dans lesquels on ne trouvait jamais ce qu'on était venu chercher.

Je parcourus les divers ouvrages déposés dans les bacs. Il y avait là les premiers *Hara Kiri* des années 1960, un hors-série de *Fluide glacial*, des exemplaires gondolés de *L'Écho des savanes*, et une dizaine de *SAS* aux couvertures aguicheuses. On trouvait aussi d'innombrables romans naturalistes du XIXe siècle, le genre d'œuvres imposées au bac de français que Nadia s'obligeait à lire pour se constituer une culture classique. « Ouais, j'ai terminé *Guerre et Paix* en trois semaines..., avait-elle lâché la veille sur un ton faussement nonchalant. Ensuite j'ai enchaîné sur *Crime et Châtiment*, mais ça se lit vite, tu sais... » En comparaison, j'abandonnais lamentablement neuf romans sur dix en cours de route, l'effort que requérait l'acte de lecture me paraissait insurmontable, et je savais, rien que pour cette paresse, que je n'étais pas digne de mon statut de professeur.

Je jetai un œil distrait aux rayonnages en circulant aléatoirement dans la librairie. Sur une étagère dormait un essai poussiéreux sur l'histoire académique française que j'entrepris de feuilleter par curiosité. La première phrase abordait une problématique fondamentale, responsable de l'échec de ma vie et du succès de celle d'Henri : « Que s'est-il passé en France pour qu'émerge un enseignement supérieur à deux vitesses, polarisé entre les universités et les grandes écoles ? » Selon l'auteur, le péché originel est imputable aux révolutionnaires. Entre 1793 et 1795, en vue de réorganiser l'instruction publique, la Convention supprime les universités et institue l'École polytechnique, l'École centrale, l'École normale, le Cnam, l'Inalco ainsi qu'une dizaine d'écoles spéciales héritées de l'Ancien Régime. L'objectif est de professionnaliser les enseignements et de former les cadres dont la jeune république a besoin pour se moderniser. Quelques années plus tard,

Napoléon va plus loin en créant les prestigieux lycées, ces internats au fonctionnement militaire destinés à former l'élite de la nation, qui accueilleront plus tard les fameuses classes préparatoires.

Parallèlement se développent de petites facultés éparpillées sur l'ensemble du territoire. À part en droit et en médecine – qui resteront les deux exceptions du monde universitaire en raison de leur caractère directement professionnalisant –, il s'agit d'établissements misérables disposant de faibles moyens matériels et n'accueillant que très peu d'étudiants. Le niveau y est dramatiquement bas, les locaux sont dans un état de délabrement avancé, et les professeurs se limitent à participer aux jurys du bac et à donner quelques conférences sans enjeux devant un public clairsemé. Tout au long du XIXe siècle, l'enseignement et la recherche de qualité se replient alors vers les écoles et le Collège de France, où exercent des intellectuels de renom qui font la fierté du pays.

La situation s'aggrave au milieu du XXe siècle lorsque l'État crée des organismes de recherche : CNRS, CEA, Inra, Inserm, Inria... Il devient alors évident que la recherche de pointe ne s'effectue plus dans les vieilles universités sous-dotées, mais dans ces nouveaux organismes aux moyens colossaux. Le coup de grâce intervient après Mai 1968 lorsque, sous la pression des mouvements étudiants, le gouvernement renonce définitivement à instaurer une sélection à l'entrée en fac. Ouverte à tous, et donc aux médiocres, l'université devient le ventre mou de l'enseignement supérieur, le service public gratuit que l'on aime défendre mais dans lequel on n'a pas envie que ses enfants se retrouvent.

Je refermai l'ouvrage. Que fallait-il en conclure ? Tout simplement que pour Nadia et moi, il n'y avait rien à espérer. Toute notre vie, nous serions estampillés comme des étudiants de fac, et toute la sienne, Henri serait reconnu comme un brillant HEC. Le diplôme nous avait marqués au fer rouge.

8.

Je passai un coup de téléphone à mon frère qui, sans surprise, accepta de nous inviter à dîner la semaine suivante. Eva et lui seraient « ravis de rencontrer ma nouvelle compagne », m'assura-t-il, et, bien évidemment, ils commanderaient à manger chez le traiteur libanais.

En attendant ce repas, sept jours s'écoulèrent pendant lesquels il ne se passa rien. Que font les gens normaux au mois de juillet ? Ils partent en vacances, boivent du rosé entre amis, louent des résidences en bord de mer ; rien de tout cela ne m'était accessible. Par contre, je continuais de voir Nadia et de lui faire l'amour, et ça, ce n'était pas donné à tout le monde. Chaque orgasme éprouvé dans ses bras me confirmait que le sexe était une source de plaisir fiable, intense, et surtout divertissante – au sens pascalien du terme – qui permettait de s'extraire, l'espace d'un instant, de l'éternelle difficulté d'être soi.

Je profitai aussi de mon temps libre pour voir Florent, un ancien camarade de lycée qui me proposait régulièrement des promenades dans les cimetières de Paris. Je crois que c'était sa façon à lui d'exorciser la peur de la mort, et il fallait bien avouer que celle-ci le guettait davantage que les autres : à trente-trois ans, il avait déjà réchappé à quatre accidents de moto. Le dernier en date lui avait laissé une légère séquelle au niveau de la jambe gauche, un boitement infime mais suffisamment visible pour lui conférer le statut tant redouté d'handicapé. Du reste, je ne lui avais jamais connu de petites amies, son histoire affective consistait en un vide sidéral, pas un seul coup d'un soir, pas même une amourette de vacances, rien. Sa crainte ultime était que ce manque d'expérience, aggravé par son corps abîmé, l'empêche de trouver l'amour et le condamne jusqu'à la fin de ses jours à la masturbation, à la solitude et à la honte.

Nous nous retrouvâmes au Père-Lachaise, rare lieu de verdure où subsistait un peu de fraîcheur en ce caniculaire mois de juillet. L'annonce de ma rupture avec Cécile ne sembla pas le surprendre outre mesure. « Ce n'est pas une grande perte, dit-il en boitillant entre les allées, Cécile était une vraie chieuse, j'ai toujours pensé que tu méritais mieux.

– Elle avait son caractère, oui. La semaine dernière, j'ai eu un rencard avec une fille beaucoup plus équilibrée, on a passé la nuit ensemble, je crois que ça peut déboucher sur quelque chose. »

Je lui exposai brièvement la situation de Nadia et mon projet de la sortir de l'impasse avec le diplôme d'Henri ; il n'y prêta aucune attention. « Tu veux dire que tu as retrouvé quelqu'un *en moins d'une semaine* ? dit-il en me dévisageant. Franchement, je ne sais pas comment tu fais… De mon côté, c'est la traversée du désert, je n'ai pas de vie sexuelle depuis des années. Et ce n'est pas faute d'y mettre de la bonne volonté, au contraire je crois avoir tout essayé : les bars, les sites de rencontres, le couchsurfing, la drague de rue, rien ne fonctionne. Je touche le fond, le médecin m'a carrément prescrit des anxiolytiques, ce n'est plus tenable. Une vie sans sexe… » Il tira une cigarette de sa poche, l'alluma avec son éternel Zippo à l'effigie de Bob Dylan, et aspira une longue bouffée en plissant les yeux. « Du coup, j'ai pris une décision radicale : payer. J'ai fait quelques recherches sur internet et j'ai découvert un océan de possibilités que je ne soupçonnais pas. Des centaines de jeunes filles de dix-neuf ou vingt ans, aux corps splendides, proposent des prestations inimaginables à des tarifs tout à fait accessibles. J'ai hésité, résisté, et puis un soir, après une infernale journée de boulot où mon directeur m'a hurlé dessus, j'ai sauté le pas. Mon choix s'est porté assez spontanément sur une étudiante blonde, très mince, originaire du Val-de-Marne.

– Une étudiante ?

– Oui, en journalisme. Elle a été biberonnée au *Petit Journal* de Canal+ pendant ses années lycée et voue une admiration sans borne à Yann Barthès. Son rêve est de travailler pour *Quotidien* ou de monter son propre média. En attendant, elle fait commerce de son corps. »

Il souffla la fumée de sa cigarette sur les chrysanthèmes alentour avant de me proposer très sérieusement : « Si tu es intéressé, je peux te donner son numéro. »

Je n'avais jamais envisagé de recourir aux services d'une prostituée, mais depuis ma rupture avec Cécile, la question se posait avec une acuité nouvelle, même si j'avais passé quelques nuits avec Nadia. De nombreuses variables, essentiellement éthiques et financières, devaient être prises en compte. Globalement, je me sentais pencher vers une réponse négative, notamment parce que trop de jeunes femmes se livraient à cette activité par contrainte, et non par choix.

« J'ai conscience que c'est un seuil moral à franchir, concéda Florent, mais ça ne coûte rien de prendre ses coordonnées, ensuite tu seras libre de la contacter ou non. Elle prend 300 euros de l'heure. »

Le tarif me surprit, j'avais toujours imaginé que le prix d'une escort-girl était bien supérieur. Je n'étais pas complètement indifférent à la proposition, mais je savais d'ores et déjà que tromper la confiance de Nadia me plongerait dans des abysses de culpabilité. Florent prit tout de même l'initiative de m'envoyer son numéro. « Elle s'appelle Anaé, précisa-t-il, je te garantis qu'une fois que tu auras couché avec elle, tu ne voudras plus jamais revenir en arrière. En plus, elle a de la conversation ! Et figure-toi qu'elle se revendique féministe et antisystème.

– Une escort féministe ?

– Oui, elle m'a fait de grands discours pour m'expliquer le concept. En gros, son choix n'est pas une soumission au patriarcat mais l'expression de sa liberté à disposer d'elle-même. Elle martèle que son corps lui appartient et qu'elle est libre d'en faire ce qu'elle veut. Ça a du sens, quand tu y réfléchis. »

Il chaussa ses lunettes de soleil, alluma une nouvelle cigarette, et cueillit une pâquerette entre deux stèles. On se sentait bien au Père-Lachaise, d'ailleurs on se sent bien dans les cimetières en général, ce sont des lieux de rencontre paisibles, verdoyants, injustement sous-estimés. Je ne comprenais pas pourquoi les gens préféraient s'agglutiner aux Buttes-Chaumont, ou pire, au parc Monceau.

Nous continuâmes notre marche indolente, passant par hasard devant la tombe de Jim Morrison. Le corps de la rock star qui avait enfiévré toute une génération de jeunes filles gisait sous nos pieds, dévoré par les vers. Sur les autres pierres tombales, les noms défilaient par dizaines comme dans un générique de film. Certains sautaient aux yeux par leur notoriété patente (Jean-Baptiste Poquelin, Georges Moustaki, Alfred de Musset), d'autres étaient plus surprenants (Pierre Desnos, fondateur d'Europ Assistance : « *You live, we care !* »). En général, les stèles étaient accompagnées d'une épitaphe qui résumait, en quelques mots, la vie et l'œuvre des défunts. Si beaucoup faisaient honneur à leurs nobles qualités humaines (« Eugénie Deschamps, bonne épouse et bonne mère »), d'autres avaient préféré graver dans le marbre leur diplôme (« Henri Vidal, docteur en droit »). Florent s'immobilisa devant la tombe du juriste avec une moue circonspecte. « Se résumer à ses études, quelle idée… C'est l'exact contraire de l'épitaphe inscrite sur la tombe de Jack Kerouac.

– Elle dit quoi ?

– *He honored life.* »

Effectivement, les mots étaient bien choisis. Comment décrire autrement une vie aussi débridée que la sienne, pleine d'orgies bisexuelles, de drogues, de prostituées, de jazz, de mafia, de littérature, de journalisme, de marine marchande et de voyages en auto-stop ? C'était assurément autre chose qu'une vie de docteur en droit passée dans des bureaux poussiéreux, et surtout autre chose que ma propre vie faite de monogamie et de sudokus.

Au loin, une église sonna dix-huit heures, et je me rappelai que Nadia et moi avions rendez-vous chez mon frère deux heures plus tard pour dîner. Je tendis une main amicale à Florent, qui insista : « Prends contact avec Anaé, tu ne le regretteras pas. » Un peu décontenancé, je lui fis la fausse promesse d'y réfléchir et m'engouffrai dans le métro pour me rendre place Pigalle.

9.

En arrivant, il me fallut plusieurs minutes pour franchir les groupes compacts de touristes qui embouteillaient la sortie de la station. Des dizaines de Chinois, de Russes, de Canadiens et d'Américains se bousculaient dans les escaliers, l'œil mauvais, prêts à tout pour prendre un énième cliché du Sacré-Cœur et se procurer un tee-shirt *I love Paris*. Je parvins à fendre la foule et marchai jusqu'à l'immeuble de Nadia.

« Monte, cria-t-elle à l'interphone, c'est ouvert ! » Je gravis les étages, pénétrai dans son microscopique studio, et la découvris en train de considérer sa garde-robe avec hésitation. « Je cherche une tenue pour ce soir, mais je ne suis pas certaine d'avoir quelque chose qui corresponde aux goûts de ton frère et de sa femme… », constata-t-elle placidement. De fait, aucun de ses vêtements ne pouvait d'une manière réaliste la faire passer pour une représentante de l'élite. Son style reflétait avec exactitude sa condition sociale, celle d'une jeune femme de la petite classe moyenne s'habillant dans des enseignes de prêt-à-porter grand public.

Elle se décida pour une longue robe noire au décolleté plongeant. « Qu'est-ce que tu en penses ? demanda-t-elle en rajustant ses collants.

– Tu portes une robe H&M alors que tu es censée gagner 10 000 euros par mois… Mais je te trouve sublime. Et mille fois plus chic que ma bourge de belle-sœur !

– Merci. Et toi, tu mets quoi ?

– Mon tee-shirt *Rage against the machine* et mes Converse. Je m'en fous, ils me prennent déjà pour un loser. »

J'exagérais un peu, Henri avait toujours respecté mes choix de vie, c'était surtout sa femme qui me méprisait ouvertement. Face à elle, Nadia serait jugée comme lors d'un grand oral, le moindre faux pas pourrait tout faire échouer. Il nous fallait être vigilants car malgré sa culture générale, la petite vendeuse pouvait difficilement faire oublier ses origines modestes. Son langage corporel, sa façon de s'habiller et de se mouvoir regorgeaient de marqueurs sociaux : elle mettait ses coudes sur la table pendant le repas, mastiquait la bouche ouverte, et s'exprimait à une vitesse extrêmement rapide qui tranchait avec le débit de parole tranquille des classes cultivées. Surtout, et c'était le plus frappant, un infime accent arabe se superposait à toutes ses phrases. Pour moi, cela restait acceptable (on était loin de mes élèves qui lançaient des « wallah » à tout bout de champ), mais pour des individus accoutumés à un français irréprochable, cette manière de faire chanter les mots serait immédiatement repérée et évaluée négativement. Je lui expliquai donc avec d'abondantes précautions qu'Henri et Eva pourraient déceler notre mascarade à tous ces comportements. Je notai que, loin de la vexer, mes remarques la stimulaient. J'en profitai alors pour improviser une séance d'intense coaching : port de tête, langage corporel, références culturelles, bonnes manières à table, etc. Elle me promit de faire de son mieux. Cela me rassurait un peu mais je n'étais pas dupe, le processus d'acculturation bourgeoise ne se ferait pas en une soirée.

En chemin, nous récapitulâmes le plan convenu. « On va passer en revue ta couverture une dernière fois, fis-je en essayant péniblement d'imiter Mathieu Kassovitz dans *Le Bureau des légendes*. Tu es Nadia Azzaoui, née à Reims le 14 mars 1985, ça, c'est la vérité, on ne le change pas. Le pipeau commence à tes dix-huit ans : après ton bac S obtenu avec mention très bien au lycée Marc-Chagall, tu déménages à Paris pour effectuer deux ans de classe préparatoire à Janson-de-Sailly, puis tu intègres le programme grande école d'HEC, exactement comme Henri, mais huit ans plus tard. Après un stage de fin d'études chez EY, tu fais tes armes au Boston Consulting Group en conseil en stratégie, puis tu te spécialises dans le conseil en RSE chez McKinsey, particulièrement auprès des banques d'investissement. Aujourd'hui tu traverses une crise de valeurs, tu en as assez de travailler pour la finance mondialisée, donc tu cherches à bifurquer vers un secteur porteur de sens comme l'hôtellerie. Tu t'en souviendras ?

– Je crois, oui… Comment je fais s'il me pose des questions sur l'école ? Je n'y ai jamais mis les pieds.

– Improvise, c'est plus facile que tu ne le crois. L'astuce, c'est de te mettre véritablement dans la peau de ton personnage, de te convaincre que ces expériences inventées de toutes pièces ont réellement eu lieu. Regarde Christian Bale, il a perdu vingt-huit kilos pour incarner le héros famélique de *The Machinist*, et des années plus tard il en a repris cinquante pour interpréter le personnage obèse de *Vice*. Tu dois ressentir le jeu d'acteur jusque dans ta chair. »

Elle secoua la tête, effrayée. « Écoute, je ne sais pas pourquoi tu m'embarques là-dedans, mais ça me fait flipper. On ferait mieux de rentrer, de tout arrêter.

– Surtout pas ! décrétai-je. Tu te mets la pression alors qu'il n'y a aucun enjeu, ils ne sont pas assez tordus pour imaginer qu'on a échafaudé un tel mensonge. »

Nous empruntâmes le métro jusqu'à Neuilly. Une demi-heure plus tard, nous étions devant la porte d'Henri. « Attends, fit Nadia alors que je m'apprêtais à appuyer sur la sonnette, laisse-moi une minute, j'ai besoin de me calmer. » Elle ferma les yeux, posa une main sur son ventre et prit une profonde inspiration. Un silence total régnait sur le palier. Quelques secondes plus tard, elle expira longuement par la bouche. Lorsqu'elle rouvrit les yeux, son regard avait changé, plus sûr, plus déterminé. Elle hocha la tête pour indiquer qu'elle était prête. Je sonnai.

10.

« Guillaume, quel plaisir ! » s'écria mon frère en ouvrant les bras. Je ne l'avais pas vu depuis deux ans. Il n'avait pas changé, son allure de gendre idéal à la Laurent Delahousse était demeurée intacte, seuls ses cheveux grisonnaient légèrement près des tempes et étaient désormais peignés vers l'arrière, ce qui ne laissait aucun doute sur sa position sociale. Il avait revêtu pour la soirée une tenue évoquant un retraité deauvillais (chaussures bateau, pantalon beige, pull sur les épaules) et portait toujours sa sempiternelle montre Tissot au poignet gauche.

Sa femme débarqua à son tour, grande, fine, marchant vers nous le menton haut, avec l'aplomb de la bourgeoise qui se croit d'essence supérieure. D'entrée de jeu, elle jaugea Nadia du regard tel un scanner sociologique, examinant un à un chaque détail de son apparence pour lui attribuer une étiquette. « Entrez, je vous en prie ! » annonça-t-elle avec un sourire d'une fausseté effarante.

Nous passâmes au salon. Rien n'avait changé depuis mon intrusion récente, si ce n'est l'ajout d'un imposant globe terrestre style 1930 qui évoquait curieusement celui d'Adolf Hitler. Ils avaient dû l'acheter au prix fort chez un antiquaire du VIIe arrondissement, ou pire, dans une vente aux enchères à Drouot, enfin ce n'était certainement pas un objet chiné sur Leboncoin.

Mon frère rapporta un bordeaux millésimé de sa vinothèque, servit quatre verres, puis lança un morceau de musique classique sur d'immenses enceintes Bang & Olufsen.

« Rachmaninov, annonça-t-il avec délectation en s'asseyant dans le canapé. Eh bien, à quoi trinquons-nous ?

– À leur rencontre ? proposa Eva.

– Mais oui, à vous deux ! »

Nous entrechoquâmes nos verres en effectuant le contact visuel de rigueur. Nadia commit l'erreur de boire aussitôt une grande lampée de vin alors que les deux autres prirent leur temps pour examiner la robe, sentir le bouquet, procéder à l'aération, puis identifier doctement les notes de tête ; nous étions mal partis. Ils ne relevèrent toutefois pas cette infraction au code des bonnes manières.

« Nous avons commandé à dîner chez le traiteur libanais, dit Eva en montrant un large plateau de mezzé. Servez-vous, il y a du houmous, des sambousseks, des chich taouk et des brochettes de kefta. Nadia, tu dois connaître tout cela, non ?

– Pas vraiment, mes parents sont d'origine algérienne, pas libanaise.

– Oui ? Oh, blanc bonnet et bonnet blanc ! » ricana Eva.

Nadia afficha une mine embarrassée, je sentais qu'elle commençait à regretter d'être venue. « Bon, poursuivit Eva, parle-nous un peu de toi : que fais-tu dans la vie ? » Évidemment, la vipère ne pouvait pas entamer la conversation autrement. Nadia fit un sourire gêné et se tourna vers moi comme si elle souhaitait que je réponde à sa place. Je l'encourageai du regard, la première étape du mensonge était toujours la plus difficile, il fallait qu'elle se lance immédiatement avant de paniquer pour de bon. Elle reprit rapidement confiance, se redressa sur son siège, puis articula avec aplomb : « Je suis manager chez McKinsey.

– Excellent, jubila Eva, excellent ! Dans quel domaine ?

– En RSE. À ma sortie d'HEC, j'ai commencé par du conseil en stratégie et puis je me suis spécialisée dans le développement durable.

– Tu es passée par HEC aussi, c'est une surprise ! s'exclama Henri. Quelle promotion ? »

Elle fit de nouveau un sourire désemparé.

« Tu ne m'avais pas dit 2005-2008 ? intervins-je.

– C'est ça.

– Ah, tu vois que je t'écoute ! »

Henri et Eva rirent de bon cœur, ils n'y voyaient que du feu. « J'ai d'excellents souvenirs de mon passage à l'école, dit mon frère en trempant sa pita dans une coupelle de houmous. J'y ai rencontré des gens brillants, capables de converser sur une quantité de sujets prodigieuse. La politique, l'économie, les débats sociétaux… On passait des heures à refaire le monde au bar du campus. Bon, globalement on partageait tous les mêmes opinions, mais il y avait toujours quelques gauchistes hors sol pour pimenter la discussion. Enfin, des gauchistes, on s'entend, les mecs venaient quand même de Versailles ou de Saint-Germain-en-Laye.

– Oui, j'ai connu ça aussi, acquiesça Nadia d'un air entendu.

– Et tu te souviens des soirées ? Ces fêtes démentes organisées par le BDE ? L'école leur allouait des subventions astronomiques, plus d'un demi-million d'euros par an, je crois. Officiellement, l'objectif était de former les élèves à la gestion d'un budget associatif, mais officieusement, tout le monde savait que cela visait à forger un sentiment d'appartenance, un esprit de corps, une inaltérable camaraderie qui se convertirait plus tard en un système de cooptation généralisé. Je dois dire que c'est plutôt réussi, on est presque tous restés en contact.

– En revanche, nuança Nadia, on n'a pas appris grand-chose pendant les cours. Je ne sais pas comment tu l'as vécu, mais la chute brutale de niveau entre la prépa et l'école m'a personnellement consternée. Après deux ans d'analyse critique de Kant, de Rawls et de Hegel, on nous plonge brusquement dans un néant intellectuel total. Enfin, les profs nous auront au moins appris à faire de jolis PowerPoint, c'est l'essentiel… »

Elle gagnait en confiance et s'autorisait même quelques réflexions piquantes, on était sur la bonne voie. Henri fit un hochement de tête approbateur, il savait pertinemment qu'il n'avait pas réellement étudié pendant sa scolarité. Dans mes souvenirs, il avait surtout connu une succession de beuveries et de coups d'un soir avec ce qu'il appelait des

« boussales », mot-valise sordide inventé par ses soins pour désigner des « bourgeoises salopes ». En dehors de ces plaisirs, il assistait à des conférences stériles sur le management et remplissait des QCM auxquels il était impossible d'échouer. Ainsi, son école de commerce ne lui avait rien appris mais était considérée comme l'une des meilleures d'Europe, voire du monde si l'on en croyait les classements régulièrement publiés dans les magazines. J'avais longtemps essayé de comprendre ce paradoxe, je ne parvenais pas à en saisir la logique. Tout s'était éclairé un jour à la lecture d'un ouvrage de Kenneth Arrow. En 1973, ce lauréat du prix Nobel d'économie montre que le système d'enseignement supérieur ne sert pas à former des individus compétents, mais à filtrer ceux qui le sont déjà. Autrement dit, les établissements prestigieux n'ont pas besoin de dispenser des cours de qualité, il leur suffit de recueillir les jeunes déjà éduqués, de les hiérarchiser par le concours, puis de dissimuler leurs avantages de naissance avec une formation prétendument exigeante ; un authentique blanchiment d'inégalités.

« Il est clair que l'émulation intellectuelle était limitée, reconnut Henri, mais c'est tout à fait normal, le but d'une école de commerce est de former les élèves aux métiers de l'entreprise. On ne l'intègre pas pour questionner le système mais pour le faire tourner.

– Tout le contraire de tes études d'histoire contemporaine ! » ironisa Eva en me jetant un coup d'œil narquois. Elle avait l'air très fière de sa remarque.

« En tout cas, intervint Nadia, je ne regrette pas d'avoir choisi cette voie. Aujourd'hui j'ai la chance d'exercer un métier grisant où je redécouvre auprès de chaque client une nouvelle façon d'envisager la performance. C'est ce challenge permanent qui me plaît, pour moi l'épanouissement professionnel passe d'abord par une sortie de ma zone de confort. »

Je buvais du petit-lait, elle jouait à merveille son rôle de business woman. Avec un peu d'entraînement supplémentaire, elle pourrait presque publier une tribune dans *Les Échos*. Les deux Neuilléens l'avaient déjà identifiée comme l'une des leurs.

Le piano tranquille de Rachmaninov continuait de résonner dans le salon. Le son produit par les enceintes était d'une limpidité ahurissante, ils avaient dû les payer plusieurs milliers d'euros, on avait l'impression que l'orchestre se trouvait au centre même de la pièce. Je dévisageai mon frère en m'affalant un peu plus dans le canapé. Son teint hâlé, sa mâchoire carrée et son impeccable mèche blonde évoquaient un acteur californien dans la force de l'âge (Brad Pitt ?) ou bien un grand soldat aryen en uniforme (Christoph Waltz ?), enfin il irradiait un charme mêlant élégance et virilité qui avait toujours plu aux femmes. Je ne pouvais malheureusement pas en dire autant.

« Et toi, Guillaume, tout se passe bien au lycée ? » me demanda-t-il après un temps de silence. Je savais qu'il posait la question par politesse, ma réponse ne l'intéressait pas vraiment, aussi lui expliquai-je en trois phrases que l'année avait été éprouvante mais que j'étais désormais en vacances pour deux mois. Eva éclata aussitôt d'un rire condescendant : « En vacances ! Vous les profs, vous êtes toujours en vacances ! » Ça y est, me dis-je, c'est le moment où elle va prononcer le mot « assistanat », et immédiatement après, elle vomira son discours de femme courageuse qui travaille tellement dur, tellement plus que les fonctionnaires, qu'elle mérite bien de faire partie des 1 % les plus riches, et si possible de ne pas payer trop d'impôts sur le revenu.

« Quand on pense à la quantité d'argent public qui est englouti dans l'Éducation nationale…, poursuivit-elle d'un air scandalisé. Et quand on voit les résultats que ça donne… Je crois qu'on s'y prend mal. Tu sais ce qui aiderait vraiment tes élèves ? Ce ne sont pas des cours d'histoire-géo, non, c'est un bon service militaire. Chirac a commis une erreur fondamentale en le supprimant. C'était un rite de passage qui forgeait le caractère, enseignait le respect de l'autorité, renforçait l'autodiscipline, et surtout qui inculquait un vrai sens patriotique et citoyen aux jeunes Français. Si notre société connaît une crise de l'autorité aussi grave, c'est en partie à cause de décisions laxistes et idéalistes comme celle-ci. Moi, à la rigueur, je m'en fiche, ça ne me concerne pas directement, mais je dis plutôt ça pour toi. C'est toi qui es en première ligne face à des élèves qui ne respectent plus rien.

– Ah, Eva…, soupirai-je avec lassitude. J'en étais sûr, dès qu'il y a une connerie à dire, elle est pour toi.

– Pardon ?

– Tu m'as bien entendu.

– Je ne te permets pas de me parler comme ça !

– Bon sang, coupa Henri, vous ne pouvez pas vous comporter en adultes civilisés ? Vous me faites honte devant notre invitée ! »

Exaspérée, l'affreuse hyène termina son verre de vin avec emportement puis partit débarrasser les assiettes dans la cuisine. Avec beaucoup d'habileté, Nadia parvint à désamorcer la tension en déportant la conversation sur le terrain littéraire. Elle avait remarqué les Pléiade rangés dans la bibliothèque du salon et en parlait avec la distinction d'une universitaire du Quartier latin. Je voyais qu'elle faisait des efforts pour atténuer son accent arabe, ralentir son débit de parole et articuler distinctement. Henri se détendait graduellement et rebondissait sur ses analyses en enchaînant les verres de vin ; un quart d'heure plus tard, il buvait ses paroles et lui vouait une admiration manifestement extatique. La maîtrise de la culture classique, c'est-à-dire de la culture légitime, constituait pour lui la preuve irréfutable qu'elle était une femme du monde.

La soirée touchait lentement à sa fin et nous n'avions toujours pas parlé de l'offre d'Accor. Je profitai d'un creux dans la conversation pour mettre le sujet sur la table : « Nadia ne le crie pas sur les toits, mais tout n'est pas rose dans son cabinet, à vrai dire elle envisage même d'aller voir ailleurs… N'est-ce pas, ma chérie ? » Elle m'adressa un signe de tête reconnaissant, s'éclaircit la voix, puis déroula la grande fable que nous avions préparée. Son ton était parfait, elle y mettait la juste dose d'audace et de conviction, il n'y avait rien à redire. Assis à ses côtés, je souriais avec la fierté d'un maître assistant à la révélation de son disciple. Elle conclut ses explications par le projet de postuler à la direction RSE d'Accor. Henri se redressa d'un seul coup.

« Accor ! s'exclama-t-il un peu ivre. Mais je vais appeler Nico !

– Nico ?

– Nicolas Lefèvre, le secrétaire général. On a fait les quatre cents coups en prépa, il t'accordera un entretien sans poser de questions.

– C'est très gentil, je n'en demandais pas tant.

– T'en fais pas, c'est normal de se rendre service. Je lui passerai un coup de fil demain, ce sera l'occasion de prendre de ses nouvelles. Ah ! Sacré Nico... » Et il se renfonça dans le canapé, envolé dans des rêveries nostalgiques. J'exultais en silence. L'affaire était dans le sac.

Dans l'entrée, Nadia remercia une dernière fois nos hôtes pour leur accueil. Eva lui fit une bise glaciale et la considéra des pieds à la tête avec une hostilité envieuse. Plus jeune, plus exotique, plus cultivée, et presque aussi riche : une jalousie dévorante se lisait sur son visage. Henri ne se rendait compte de rien, il souriait béatement, son œil trahissait un degré honorable d'alcoolémie. Juste avant de refermer la porte, il me prit à part et murmura discrètement : « Franchement, Nadia m'a bluffé... Je ne sais pas où tu as trouvé une femme aussi exceptionnelle mais surtout garde-la, ne la laisse pas filer. Bon, et tu sais... Ça me fait très plaisir de repasser du temps avec toi... C'est quand même dommage qu'on se voie si peu alors qu'on habite la même ville. Reviens quand tu veux, ma porte t'est toujours ouverte. » Et il conclut avec un mauvais accent espagnol : « *Mi casa es tu casa !* »

11.

La gueule de bois du lendemain fut modérée mais suffisante pour m'empêcher d'aller à la salle de sport. Je passai la matinée avachi sur mon clic-clac à lire *Le Monde*, brave canard auquel j'étais abonné depuis le début de ma vie d'adulte, comme mes parents avant moi et mes grands-parents avant eux. J'avais l'habitude de le lire quotidiennement en prenant soin de le feuilleter à l'envers : d'abord l'éditorial, puis les pages « Débats », ensuite les actualités culturelles, et enfin la nécrologie, rubrique capitale dans laquelle les macchabées ne manquaient jamais de rappeler leur place dans la pyramide sociale (« Daniel Mallart, X 59, Supaéro 64, chevalier de l'ordre national du Mérite, s'est éteint le 5 juillet 2017. Les obsèques seront célébrées dans la plus stricte intimité »). En revanche, j'ignorais délibérément les pages consacrées à la politique française, ce recueil de vaines intrigues de palais qui, pour reprendre une élégante expression chiraquienne, m'en touchait une sans faire bouger l'autre.

Vers midi, après avoir épuisé toutes les rubriques, une

envie d'Extrême-Orient s'empara de mon estomac et me poussa jusqu'au Da May Fa, le meilleur traiteur asiatique du XVIIIe arrondissement. J'avais une affection particulière pour les gérants de ce sympathique restaurant familial qui baragouinaient un français approximatif. Leur décoration chinoise merveilleusement kitsch valait le détour, et leur vitrine réfrigérée offrait un arc-en-ciel de mets exotiques promettant de longues et heureuses années de joies gustatives. Cette fois-ci, je commandai les nouilles sautées au gingembre avec un peu de poulet à la citronnelle et un rouleau de printemps. Deux adolescentes aux yeux bridés s'exécutèrent aussitôt avec une rapidité sidérante, remplissant machinalement les barquettes avant de les mettre à chauffer. Derrière le comptoir, leur vieux père à la barbe clairsemée somnolait sous le ventilateur. Et lui, qu'est-ce qu'il avait comme diplôme ? Probablement aucun, ce qui ne l'avait pas empêché de faire sa vie (une vie à micro-onder du riz cantonais, mais une vie quand même). À l'approche de la retraite, et plus généralement de la mort, en était-il satisfait ? La question était absurde, les restaurateurs chinois ne se souciaient pas du sens de leur vie et encore moins de leur bonheur individuel, ils faisaient du commerce et accumulaient de l'argent, voilà tout.

Les serveuses apportèrent mon plateau sans une parole puis encaissèrent la monnaie. Leurs grosses lunettes tombaient sans arrêt de leur nez, dévoilant de jolis yeux en amande qui semblaient perpétuellement mi-clos. Au décès du patriarche, elles reprendraient indiscutablement le restaurant, c'était leur destin naturel, et c'était tant mieux : ce commerce bénéficiait d'une bonne réputation et d'une clientèle fidèle, elles n'auraient pas de difficulté à le faire fructifier. Avec un peu de chance, il leur serait même possible d'ouvrir un buffet à volonté dans le XIIIe arrondissement, au cœur de Chinatown.

Au moment de m'asseoir, j'eus la désagréable surprise de voir mon collègue Jean-Yves entrer dans l'établissement. J'entretins l'espoir fugace de l'esquiver mais c'était trop tard, il m'avait déjà repéré et s'avançait vers moi. « Guillaume ! Ça alors, c'est dingue de te croiser ici ! Tu vas bien ?

– Bof, répondis-je, la femme de ma vie est partie en claquant la porte, je me remets doucement de ma tentative de suicide… »

Il se figea sur place et me dévisagea avec un air ahuri.

« Je plaisante, précisai-je en souriant mollement.

– Bon sang, souffla-t-il avec un soulagement visible, tu fais des drôles de blagues, toi… Tu n'as quand même pas bonne mine. On va déjeuner ensemble, mon vieux, je vais te remonter le moral ! »

L'idée ne m'enchantait pas franchement mais il était délicat de refuser : Jean-Yves manifestait une évidente bonne volonté, je ne pouvais pas être directement hostile. Du reste, les conversations de ce collègue proche de la retraite se révélaient parfois supportables, il était l'un des rares profs à ne pas se plaindre constamment des élèves, de leurs parents vindicatifs, ou de l'absence de soutien de l'Éducation nationale.

Il récupéra son plateau et s'assit en face de moi. À côté de nous, un groupe de touristes conversaient bruyamment en sirotant des bières. « Alors, tu as vu les résultats du bac ? attaqua-t-il en arrosant son riz de sauce nuoc-mâm. 88 % de réussite dans notre lycée cette année ! Ça se fête, non ?

– L'élite républicaine..., confirmai-je en levant le pouce.

– Oh, ne sois pas si sarcastique. Moi, je suis très fier de mes classes. Et je suis fier de nous aussi, on sait pourquoi on se lève le matin.

– Si tu le dis. Et Moussa, en terminale D, il l'a eu ? J'avais parié 10 euros qu'il le raterait. »

Jean-Yves se rembrunit d'un coup, baissa tristement le regard. « Moussa... Moussa, c'est compliqué... On a eu un appel du commissariat la veille des épreuves, les flics venaient de le contrôler avec cinq kilos de cocaïne dans son scooter. Le pauvre a été jugé en comparution immédiate. Deux ans ferme, il a pris. Tu te rends compte ? Deux ans. Vu la taille de son casier judiciaire, le commis d'office ne lui a même pas conseillé de faire appel. Il est à la maison d'arrêt de Villepinte à l'heure qu'il est. Mais bon, de toute façon, il n'aurait jamais eu le bac : son absentéisme atteignait des sommets, il était en foyer, et le proviseur l'avait déjà suspendu à trois reprises pour des histoires de racket au sein de l'établissement ; c'était plié. Sa copine Alissa, par contre, a un peu plus de chance.

– Alissa Dos Santos ?

– Oui, la grande brune à lunettes rondes.

– Je l'ai eue l'an dernier, sa moyenne générale était assez élevée, autour de 15, je crois.

– Exactement, et pourtant elle ne voit pas l'intérêt de faire des études longues. J'ai essayé de la pousser à faire du droit, mais elle préfère s'inscrire en licence "management interculturel du tourisme". La pauvre, elle s'imagine que ça lui permettra de travailler sur une plage idyllique au Brésil... En réalité, elle va se retrouver secrétaire dans une agence de voyages décrépite en Seine-Saint-Denis.

– Elle sera certainement smicarde comme sa mère, fis-je en avalant une bouchée de poulet. Et comme une bonne partie de ses petits camarades, d'ailleurs.

– Pas sûr, certains ont des mauvais résultats mais bénéficient d'un environnement favorable qui leur permettra de s'en sortir. Tu vois Yacine, le petit gros en première B ? J'ai rencontré ses parents lorsqu'on hésitait à le faire redoubler. Sa mère est assistante maternelle, une femme très douce et équilibrée, et son père est peintre en bâtiment, un bonhomme gentil comme tout qui ne voulait pas que son fils se tape trente ans de chantiers comme lui. Ses notes ne sont pas brillantes, mais il est entouré d'une famille aimante qui lui donne confiance. Il finira par réussir, je n'ai aucun doute là-dessus. »

Il débitait ses pronostics comme un entraîneur d'équipe de foot avant un match de qualification. Jean-Yves s'était toujours énormément investi pour ses élèves, il était de ceux dont l'engagement n'avait jamais faibli, de ces enseignants qui organisent des visites culturelles, des sorties scolaires et des activités hors programme sans jamais compter leurs heures supplémentaires. Pour les lycéens, il ferait assurément partie des trois ou quatre professeurs dont on se souvient toute sa vie ; je ne pouvais évidemment pas me targuer d'un pareil honneur.

« Tu y crois encore…, fis-je avec une pointe de nostalgie.

– Évidemment ! Et quand je vois la tournure que prennent les choses, ça me donne envie de m'investir encore davantage. Les élèves d'aujourd'hui ont besoin de bien plus de repères et d'accompagnement que les générations précédentes. Je n'aime pas dire que c'était mieux avant, mais au moins, au XXe siècle, les jeunes avaient confiance dans l'avenir. Souviens-toi des Trente Glorieuses, on reconstruisait l'Europe, tout le monde avait du boulot ! Souviens-toi aussi de la décennie 80 avec son fric qui coulait à flots, Reagan, Thatcher, la dérégulation et l'enrichissement sans limite ! Et les années 90, l'effondrement des dictatures soviétiques, la croissance pour tous, le bonheur par la consommation ! Là, les élèves avaient de l'espoir ! Tandis qu'aujourd'hui… » Il jeta un coup d'œil mauvais vers le groupe de touristes qui fixaient leurs smartphones en suçotant leurs doigts boudinés. « Aujourd'hui, ce n'est plus la même musique, soupira-t-il. Les jeunes regardent les infos et qu'est-ce qu'ils voient ? Déclassement social généralisé, montée des populismes, effondrement des écosystèmes, crise de la démocratie, chômage de masse… Ils doivent se préparer à intégrer un marché du travail sans pitié, pour exercer des boulots vides de sens, avec des contrats précaires. Et en plus, dans nos classes, ils sont tous noirs ou arabes ! Ça, c'est la cerise sur le gâteau, ça ne va vraiment pas jouer en leur faveur quand ils vont chercher un emploi. Mais j'y crois encore, et tu sais pourquoi ? Parce que dans ce marasme, une chose peut encore les sauver : le diplôme. Le diplôme est le meilleur rempart contre le chômage, toutes les statistiques le montrent. C'est notre devoir de leur donner les clés de l'entrée dans le supérieur et de les accompagner vers ce sésame qui les délivrera de la précarité. »

Je m'essuyai la bouche d'un revers de main. Sa bonne volonté me fatiguait un peu, à moins que ce ne fût la digestion des nouilles s'amorçant dans mon estomac. Pourquoi se souciait-il à ce point de nos élèves ? Eux ne nous faisaient pas de cadeaux, je ne voyais pas de raison de m'apitoyer à ce point sur leur avenir. Et puis, il se trompait dans les grandes largeurs : les diplômes ne constituaient plus une protection efficace contre la précarité car ils se dévalorisaient davantage chaque année.

« Les choses ne sont pas si simples, dis-je en terminant mon assiette.

– Peut-être…, dit-il un air incertain. N'empêche qu'ils auront plus de chances de trouver un boulot si on les pousse à aller à la fac.

– Mais quel boulot, Jean-Yves ? Un job aliénant payé 1 300 euros après un master oiseux à l'université de Brive-la-Gaillarde ? Ne t'étonne pas si Moussa préfère vendre de la coke. »

Il hocha la tête sans conviction et repoussa son assiette. Nous sortîmes du restaurant le ventre lourd et le visage maussade, aux alentours de treize heures. Mon estomac commençait à ballonner, je sentais que j'allais encore devoir avaler un écœurant citrate de bétaïne pour survivre au reste de la journée. Avant de prendre congé, Jean-Yves me souhaita bon courage de façon inexplicable et s'autorisa même à me tapoter l'épaule pour manifester une mystérieuse compassion. Je crois que ma plaisanterie sur le suicide l'avait vraiment effrayé.

L'après-midi, Cécile vint récupérer ses affaires à l'appartement avec sa mère. Elles garèrent le Renault Espace en double file devant l'immeuble puis enchaînèrent les allers-retours dans les escaliers pour emporter cartons de livres, plantes vertes, luminaires et meubles. En moins d'une heure, c'était bouclé ; douze ans de relation volatilisés. Avant de démarrer, Cécile m'adressa un dernier coup d'œil culpabilisant à travers le pare-brise, un imperceptible froncement de sourcils qui signifiait « Tu as tout gâché ». Je la laissai s'éloigner sans réagir.

En poussant la porte de l'appartement, je constatai que la pièce principale était désormais quasiment vide. Je pris conscience à cet instant que la majeure partie du mobilier lui appartenait et que je ne m'étais même pas investi matériellement dans cette relation. Il aurait fallu décorer à nouveau, passer chez Leroy Merlin pour acheter des bibelots, des coussins, des cadres et des cactus ; je ne m'en sentais pas la force. Le plus simple aurait été de quitter les lieux, mais pour aller où ? Nadia habitait un studio miteux sous des combles, et mes minables fiches de paie ne me permettraient pas de retrouver un logement avant plusieurs mois. Je pensai à Henri, à son cent cinquante mètres carrés à

Neuilly, à sa villa à Biarritz, à sa rémunération surnaturelle. Lui aurait pu loger à l'hôtel pendant des semaines sans même que cela ait un impact sur son compte en banque. Comment un tel écart avait-il pu se creuser entre nous ? À quel moment nos destins avaient-ils divergé ? Quelque chose de fondamental avait dû m'échapper.

12.

Grâce à mon frère, Nadia décrocha un entretien chez Accor le lundi suivant, ce qui nous laissait tout le week-end pour le préparer – elle prétexta une maladie pour échapper au samedi de travail. Sa connaissance du métier, du secteur d'activité et de l'entreprise devait être en béton, il ne fallait faire aucune impasse. Je passai deux journées complètes sur internet à enregistrer tout ce qu'on pouvait trouver sur ces questions : interviews, articles de presse, études de cas, blogs spécialisés… Le contenu en ligne semblait inépuisable, chaque page renvoyait vers des dizaines d'autres pages, mais le temps limité me contraignit à aller à l'essentiel. De son côté, Nadia travaillait sur les questions de motivation les plus posées en entretien. Comment envisageait-elle la « performance » ? Quels étaient les « moteurs » de sa vie ? Pourquoi souhaitait-elle rejoindre une organisation « agile » ? Pendant quarante-huit heures, nous restâmes cloîtrés dans la fournaise de son studio, volets fermés, ventilateurs à fond, ingurgitant des litres de café frappé pour rester alertes. À la fin du week-end, elle avait mémorisé plus de quatre-vingts réponses aux questions préférées des recruteurs, tandis que j'avais rédigé plusieurs dizaines de fiches sur les chiffres clés du secteur de l'hôtellerie, les tendances actuelles de la RSE, les grandes problématiques auxquelles était confronté Accor, et des analyses comparatives de la concurrence. J'avais également imprimé le rapport d'activité de l'entreprise, cent dix pages surlignées et annotées que Nadia apprit par cœur en une nuit. En somme, nous étions devenus des spécialistes du sujet. Avec un costume et un peu d'assurance, nous aurions eu la légitimité nécessaire pour intervenir sur le plateau de BFM TV en tant qu'experts de la responsabilité sociétale.

Le lundi matin constituait la dernière ligne droite. Nadia passa méthodiquement ses fiches en revue, récitant chaque point avec l'application d'une bonne élève de primaire. « L'objectif n'est pas d'avoir une connaissance exhaustive du métier, lui répétai-je, mais de disposer d'un outillage de base pour te débrouiller face à n'importe quelle question. » Je n'étais pas inquiet. Lors du dîner chez Henri et Eva, elle ne s'était pas laissé déstabiliser et avait su donner le change. Elle avait par ailleurs une remarquable capacité à baratiner, atout capital pour l'exercice de ses futures fonctions.

À midi, un livreur nous apporta un assortiment de sushis et de salades japonaises. Nous avalâmes les boulettes de riz sans un mot. Nadia se rendait malade de stress et était blanche comme un linge. À peine sa barquette terminée, elle enfila un tailleur, étala une couche de fond de teint sur son visage et mit un peu de rouge à lèvres. Le rendez-vous était fixé une heure plus tard à Issy-les-Moulineaux.

« J'ai l'estomac noué comme le jour du bac, dit-elle en se tenant le ventre.

– Relax, imagine simplement que tu vas répéter une pièce de théâtre.

– Facile à dire… Souhaite-moi plutôt bonne chance.

– Tu n'en as pas besoin. »

Elle vérifia sa coiffure une dernière fois dans le miroir, puis sortit pour prendre le métro. Je la regardai depuis la fenêtre s'éloigner vers la station Blanche. « T'es la meilleure ! m'égosillai-je depuis le Velux. T'entends ?! Tu ne remets pas les pieds ici sans avoir signé un contrat ! » Elle leva le poing en l'air, sans se retourner.

Il n'y avait plus qu'à attendre. Je tentai de tuer le temps en me plongeant dans le Far West virtuel de *Red Dead Redemption* sur PlayStation, mais au bout d'une demi-heure je fus saisi par l'ennui, et son corollaire logique, l'envie de masturbation. Lorsqu'ils se donnent du plaisir, la plupart des hommes apprécient de visionner des vidéos pornographiques. Pour ma part, j'éprouvais de réelles difficultés à y trouver une source d'excitation. Les scénarios étaient la plupart du temps bâclés, les hommes laids et brutaux, et les femmes traitées comme des morceaux de viande. Mes derniers visionnages remontaient toutefois aux années 2000, à l'époque où ces vidéos s'échangeaient sous le manteau sous forme de CD-ROM gravés, et il n'était pas impossible que les choses aient évolué depuis.

Je connectai mon ordinateur à YouJizz.com et choisis une vidéo au hasard pour en avoir le cœur net. Elle mettait en scène un père de famille américain qui, à son retour du bureau, surprenait la baby-sitter en train de se caresser dans la chambre conjugale. « *Amanda, what the fuck are you doing ? You're supposed to watch my kids !* » gueulait-il, emporté par la colère. La faute était impardonnable, la jeune fille se confondait en excuses et le suppliait de ne pas la licencier. Y avait-il quoi que ce soit qu'elle puisse faire pour se rattraper ? Le type réfléchissait en se grattant la tête. « *We can find an arrangement…* », suggérait-il en désignant sa braguette. D'abord outrée, Amanda consentait finalement à extraire l'énorme sexe paternel du pantalon, puis à le gober jusqu'à la racine. Après quelques minutes de fellation baveuse, elle ne tenait plus : il fallait qu'il la baise sur-le-champ. L'homme s'exécutait, la prenant d'abord en levrette contre le mur, puis en amazone sur le fauteuil du salon, tout en beuglant que plus jamais elle ne devrait laisser ses enfants sans surveillance. Après vingt bonnes minutes, la baby-sitter l'implorait de lui éjaculer au visage. « *Please, Mr Johnson, I need your cum all over my face* », réclamait-elle avec une voix chevrotante comme si sa vie en dépendait.

Je coupai la vidéo, perplexe. Rien n'avait changé, les scènes étaient toujours aussi surréalistes. Existait-il réellement des jeunes filles nubiles rêvant de se faire dominer de la sorte ? En tiraient-elles sincèrement du plaisir ? Tous les goûts sont dans la nature, avait coutume de dire ma grand-mère, mais j'avais le sentiment que celui-ci devait être assez rare.

Exit la pornographie, donc. Qu'est-ce qu'il me restait pour tuer le temps ? Anaé, l'escort girl dont Florent m'avait parlé ? Son numéro figurait toujours dans mon répertoire, je pouvais la contacter, c'était une possibilité. Je faisais toutefois face à deux problèmes. D'une part, au plan juridique, la France avait récemment mis en place un dispositif de pénalisation des clients de prostituées qui me faisait risquer un passage devant le tribunal correctionnel. D'autre part, au plan moral, le recours à la prostitution était largement condamné pour des raisons essentiellement liées à la dignité humaine. Je réfléchis quelques minutes, allongé sur mon lit. Le premier problème ne me paraissait pas réellement bloquant, la police n'avait pas les moyens de contrôler ce genre de délit, je ne risquais à peu près rien. Le second problème était plus complexe et, en vérité, insoluble : certaines personnes estimaient que payer une femme revenait à la considérer comme un objet, d'autres y voyaient un banal échange de bons procédés entre adultes consentants.

J'ouvris ma braguette et contemplai mon sexe apathique, fripé et gris. Allez, me dis-je, je me lance, je la contacte. Mon SMS allait droit au but : « Bonjour, mon ami Florent m'a donné votre numéro. Êtes-vous disponible cette semaine ? Guillaume. » Elle répondit aussitôt : « Bonjour, oui dispo tous les soirs en Île-de-France, c'est pour quoi exactement ? » Je relus son message, décontenancé : comment ça, pour quoi ? C'était une prostituée, on ne la contactait pas pour disputer une partie de ping-pong. Je lui demandai donc ce qu'elle proposait et fus surpris par la diversité des options proposées : « Fellation 100 €. Passe d'une heure 300 €. Nuit complète 800 €. Jeux SM possibles si vous fournissez les accessoires (supplément 50 € le quart d'heure). Toutes mes prestations incluent l'éjaculation faciale. Je n'embrasse pas. Je ne reçois pas chez moi. Enregistrement vidéo interdit. Propreté totale exigée. »

Je ne disposais d'aucune photo d'elle mais Florent m'avait parlé d'une étudiante blonde, jeune et mince, trois caractéristiques qui répondaient aux attentes de l'homme hétérosexuel moyen que j'étais. J'optai pour une passe d'une heure et lui donnai rendez-vous dès le lendemain à vingt heures.

13.

Nadia rentra chez elle en fin d'après-midi, le front perlant de transpiration, visiblement à bout de nerfs. J'accourus tout de suite vers elle avec une inquiétude palpable : « Alors ? Comment ça s'est passé ?

– J'en sais rien… », lâcha-t-elle, agacée.

Elle jeta ses escarpins au bout de la pièce dans un mouvement de rage, ouvrit le frigo et descendit une canette d'Oasis d'une seule traite.

« Ça s'est bien passé, oui ou non ?

– Puisque je te dis que j'en sais rien ! s'écria-t-elle. Laisse-moi me poser ! J'en ai marre, on crève de chaud dans ce studio ! »

Elle retira sa veste, se laissa tomber dans le canapé et s'éventa avec un magazine. Son regard fixait la table basse, vide, harassé. Elle avait vraiment l'air au bout du rouleau.

« Je crois que j'ai tout raté, annonça-t-elle finalement d'une voix blanche. L'entretien était mené par deux personnes : l'ami de ton frère et son adjointe. Au début, ils m'ont demandé de présenter mon parcours et mes motivations. J'étais confiante. J'ai déroulé l'histoire qu'on avait préparée et ils m'ont dit que c'était cohérent, que ce poste était un prolongement logique de mes fonctions précédentes. Mais après, ça s'est corsé. Le type m'a interrogée sans merci sur des aspects économiques et financiers. "Que pensez-vous de la chute de l'Ebitda dans les comptes consolidés ? Qu'est-ce qui vous fait croire que la cotation Euronext va se redresser au T4 2017 ?" Évidemment j'ai paniqué, je ne comprenais même pas ce qu'il voulait dire, du coup je me suis mise à bafouiller des phrases toutes faites sans rapport avec le sujet, juste pour avoir quelque chose à raconter. J'ai ressorti des lieux communs sur la nécessité de concilier business et écologie, la nouvelle sensibilité des clients aux enjeux sociaux, enfin des évidences basiques qui ne répondaient pas à ses questions. Ce salaud m'a cuisinée pendant une heure sans décrocher un sourire, en prenant un plaisir vicieux à me pousser dans mes retranchements ; c'était un cauchemar. À la fin, son adjointe est revenue sur le terrain de ma motivation, et là, j'étais plus à l'aise, j'ai pu expliquer pourquoi je voulais absolument travailler avec eux. Elle a paru satisfaite mais l'autre conservait une mine sévère, il ne me prenait pas au sérieux, j'ai bien vu que sa décision était déjà arrêtée. »

Je poussai un soupir de soulagement. Les deux recruteurs l'avaient joué *good cop, bad cop*, un grand classique de la déstabilisation, il ne fallait pas en tirer de conclusion hâtive. « Ce n'est pas si mal, lui dis-je dans un élan consolateur, tout le monde a le sentiment d'avoir échoué à la sortie d'un entretien d'embauche, mais en vérité une bonne surprise reste possible. »

Elle haussa les épaules, l'air peu convaincu. « Je savais que c'était une mauvaise idée, murmura-t-elle. Et je m'étais mise à y croire, comme une conne… » Elle resta pensive quelques minutes, comme si elle prenait conscience de l'ampleur de sa naïveté, puis déclara soudainement : « Allez, ce n'est pas grave, au moins j'aurai essayé. Je vais prendre une douche, ça me détendra. »

Elle retira son pantalon et se dirigea en culotte vers la salle de bain. Je repensai à notre rencontre à la salle de sport, à la première fois où j'avais aperçu ces fesses rondes comme des pommes d'amour, un mois plus tôt. Nadia me paraissait alors hors de portée, « *out of my league* », comme disent les teenagers américains, et aujourd'hui elle se déshabillait devant moi avec un naturel déroutant, comme si nous sortions ensemble depuis toujours. Je devais bien avouer que, pour une fois dans ma courte existence, j'étais du côté des gagnants.

Elle sortit de la douche un quart d'heure plus tard, la serviette enroulée autour de la taille et les cheveux noués en chignon. La coiffure faisait ressortir ses adorables petites oreilles embellies par deux faux diamants en forme d'étoile. Elle s'assit sur mes genoux, passa un bras autour de mon cou, et m'embrassa sur le front. Un mois plus tôt, je ne la connaissais pas. Un mois plus tôt, je me pensais encore condamné à la réclusion à perpétuité avec Cécile. Avais-je enfin trouvé chaussure à mon pied ? Peut-être, il était trop tôt pour l'affirmer, de toute façon la question était sans objet puisque je n'avais jamais cru à la théorie de l'âme sœur. Il n'y avait pas *une*, mais des *milliers* de femmes plus ou moins compatibles avec ma personnalité, et Nadia n'était que l'une d'entre elles. Bien sûr il devait exister mieux, mais chercher le match optimal était une gageure, je ne pourrais jamais rencontrer toutes les candidates, il n'y avait pas d'analyse comparative possible. Tout ce que je savais, c'était que Nadia appréciait ma compagnie et que j'appréciais également la sienne ; en ce sens, elle pourrait faire l'affaire en tant que femme de ma vie. Un jour peut-être, je lui proposerais de m'épouser pour avoir une vague impression de réussite sociale, c'était une piste à explorer. Je suivrais ainsi les traces de mon frère qui, l'année de ses vingt-cinq ans, avait consenti à faire sa demande à Eva. Par amour un peu, par sécurité surtout.

La sonnerie du téléphone de Nadia me tira de ma rêverie. Le numéro commençait par 01, une ligne fixe d'Île-de-France. Elle décrocha d'un geste lent et une voix d'homme résonna à l'autre bout du fil : « Madame Azzaoui ? Rebonjour, Nicolas Lefèvre, du groupe Accor. » Elle se redressa d'un bond paniqué et balbutia un « Bonjour, monsieur », complètement décontenancée. L'homme se lança dans des explications que je n'entendais pas et elle se mit à faire les cent pas dans l'unique pièce de l'appartement en échangeant avec lui. « Je vois… D'accord… », disait-elle en tournant en rond à toute vitesse, un doigt appuyé sur l'oreille pour mieux entendre. « Je comprends… Évidemment oui… », acquiesçait-elle encore. Je tentai de capter son regard, de savoir ce qu'il pouvait bien lui dire, mais elle ne m'accordait aucune attention.

Subitement, une expression d'épouvante traversa son visage et le figea dans un rictus de terreur. Elle remercia placidement son interlocuteur, raccrocha, puis retourna vers le canapé-lit à pas extrêmement lents, comme une accidentée de la route en état de choc. Comment avait-il pu la mettre dans un état pareil ? Je n'osais pas ouvrir la bouche, je n'osais même pas faire un simple mouvement, elle donnait en cette minute l'impression d'être aussi fragile qu'un château de cartes. Après une minute de silence absolu, elle finit par se tourner vers moi, déglutit, et annonça avec perplexité : « Le P-DG veut me voir demain. »

14.

Pourquoi avais-je des besoins sexuels plus pressants que Nadia ? Qu'est-ce qui poussait mon corps à la désirer continuellement, et le sien à n'être réceptif qu'une ou deux fois par semaine ? Au plan évolutionniste, la réponse est simple : les femelles sont moins disponibles à la reproduction que les mâles. Pour le comprendre, il faut se mettre dans la peau d'un chasseur-cueilleur ayant vécu au Paléolithique. L'homme rentre de sa journée de marche lessivé, allume un feu avec des silex, se fait griller une carcasse de sanglier, puis laisse échapper un rot entre ses dents gâtées. « Si seulement j'avais une famille pour légitimer cette existence absurde », songe-t-il en s'allongeant sur une peau de bête. Il est parfaitement conscient que toutes les femmes de sa tribu ne sont pas disposées à s'accoupler et à lui assurer une descendance : elles pourraient être déjà enceintes (c'est le cas neuf mois sur douze), avoir leurs règles (une semaine par cycle), se trouver hors de leur période d'ovulation (la plupart du temps), ou avoir atteint l'âge de la ménopause (aux alentours de cinquante ans). Lui et les autres hommes de son clan, au contraire, sont fertiles vingt-quatre heures sur vingt-quatre, sept jours sur sept, de leur puberté à leur mort. Il y a donc une asymétrie quantitative structurelle entre les gamètes haploïdes mâles et femelles, ce qui signifie, pour faire simple, qu'une importante quantité de pénis se disputent un faible nombre de vagins fertiles. Au final, seuls les mâles tiraillés par une irrépressible envie de sexe sont en mesure de remporter la compétition et de transmettre leurs gènes ; ils sont mes ancêtres et m'ont transmis leur libido. Les autres, c'est-à-dire ceux qui étaient peu portés sur la chose, ont été impitoyablement balayés par la sélection naturelle.

Deux cent mille ans plus tard, l'évolution m'avait donc laissé prisonnier d'inélégantes pulsions dont une call-girl s'apprêtait à s'occuper. Anaé sonna vers vingt heures, comme nous en étions convenus. En lui ouvrant la porte, je compris immédiatement pourquoi Florent avait été si impressionné. Il ne s'agissait pas de sa tenue (au contraire, son minishort la faisait davantage ressembler à une innocente touriste suédoise qu'à une prostituée aguerrie du bois de Vincennes), non, l'impression venait plutôt de sa chevelure blonde, de sa manière nonchalante de mastiquer un chewing-gum au cassis, de son minuscule crop-top et de son nombril orné d'un piercing. Une furieuse énergie sexuelle irradiait de l'ensemble de son corps. Je me sentis d'un seul coup aussi intimidé qu'un collégien avant son premier baiser.

« Guillaume ? demanda-t-elle avec aplomb sur le pas de la porte.

– Oui… Bienvenue, fais comme chez toi… »

Je pris sa veste et lui proposai quelque chose à boire (ne connaissant pas ses goûts, j'avais mis au frais une bouteille de champagne, un vin rosé et une bière blanche subtilement citronnée).

« C'est mort, dit-elle sur un ton coupant, je ne bois jamais d'alcool quand je bosse. On passe à la chambre.

– Tout de suite ?

– Ouais, je dois partir dans une heure et je ne resterai pas une minute de plus. »

Sa proposition me prit de court. Je m'étais sottement imaginé que nous allions prendre l'apéritif, apprendre à nous connaître et plaisanter tranquillement sur un fond de jazz. Une fois à l'aise et séduite, elle aurait naturellement porté ses lèvres aux miennes puis m'aurait entraîné au lit avec un sourire espiègle.

« Qu'est-ce que t'attends pour te mettre à poil ? dit-elle brutalement.

– Pardon, oui… »

Je m'exécutai docilement, déstabilisé par sa franchise. Elle inspecta mon corps des pieds à la tête avec un œil exercé, telle une éleveuse qui jauge un bœuf au Salon de l'agriculture. « Pas mal, dit-elle, mais les pectoraux, c'est pas encore ça. Je vais me rafraîchir à la salle de bain. En attendant, tu peux commencer à te branler. »

J'obéis de nouveau, effrayé par son autorité. Elle reparut deux minutes plus tard vêtue uniquement d'un string et d'un soutien-gorge rose. Je fus aussitôt pris d'un vertige qui m'obligea à me cramponner aux meubles : son corps était absolument superbe, à la fois mince et plantureux, correspondant en tout point aux canons du mannequinat de luxe. Ses cheveux blonds et son grain de peau très pâle dégageaient une impression de fausse pureté, une sorte de candeur mise en scène qui dissimulait mal l'évidente force de caractère qui l'habitait. Un frisson me traversa et mes jambes se mirent à trembler, tout cela était ridicule, je ne lui arrivais pas à la cheville, une fille de ce niveau ne m'aurait pas accordé la moindre attention en temps normal.

« Détends-toi, je vais te tailler une bonne pipe », décida-t-elle pour me mettre à l'aise. Elle s'installa à califourchon sur moi et ôta son soutien-gorge. Ses seins galbés me faisaient face, couronnés de deux tétons luisants comme des yeux de chat sauvage. Un tatouage *Smash the patriarchy* était dessiné sur sa clavicule gauche. Je respirai avec difficulté, perclus de stress, terrifié à l'idée de ne pas avoir d'érection.

Dieu merci, un afflux sanguin massif vint naturellement durcir mon sexe lorsqu'elle le glissa dans sa bouche. Contrairement à Cécile, elle exécutait la fellation avec délicatesse et sans empressement ; le résultat était infiniment supérieur, on avait vraiment affaire à une qualité professionnelle, presque allemande. Ses lèvres allaient et venaient lentement, générant une chaleur moelleuse qui se propageait graduellement dans mon bas-ventre. Je pris un instant pour prendre du recul sur la situation : non, je ne rêvais pas, une magnifique jeune femme blonde était bel et bien agenouillée à mes pieds, entièrement vouée à l'embrasement de mon désir. Loto, à qui le tour ?

Peu à peu, elle passa à un rythme plus soutenu – calé sur le tempo de *Stayin' Alive* des Bee Gees – qui correspondait vraisemblablement à sa vitesse de croisière. La fellation m'avait plongé dans une ataraxie complète, une sorte d'unité existentielle, je ne faisais plus qu'un avec mon corps et avec le monde. L'espace d'un instant, je crus même avoir atteint la pleine conscience dont parlait Christophe André sur France Inter ; c'était peut-être ça, le bonheur.

« J'ai une idée, laisse-toi faire », dit-elle soudain avec un sourire malicieux. Alors que j'étais sur le point de jouir, elle humecta son index et l'inséra d'un geste souple jusqu'à ma prostate. D'une seconde à l'autre, des bourrasques de jouissance se fracassèrent sur mon être affolé, mon corps tout entier fut parcouru de convulsions, et vingt secondes plus tard, je déchargeai des salves brûlantes sur ses seins en hurlant.

« Déjà ? » lança-t-elle avec étonnement. Abattu sur le lit, je ne trouvai pas la force de répondre. Elle vint s'allonger à mes côtés. « On peut dire que ça a été rapide… Ce n'est pas grave, on fera des préliminaires moins longs la prochaine fois. Je peux fumer dans ta chambre ? » J'acquiesçai d'un mouvement de tête silencieux, complètement sonné par la puissance de l'orgasme. Elle alluma une Vogue et laissa échapper des cercles de fumée blanche vers le plafond. « Dis donc, c'est rustique chez toi, commenta-t-elle, il n'y a pas une plante ni un coussin pour rendre la pièce chaleureuse. Tu vis seul ? » Je la dévisageai sans comprendre. Elle reprit avec amusement : « Tu sais, la plupart de mes clients sont en couple, ils s'offrent juste une passe de temps en temps pour vérifier qu'ils sont toujours vivants. Toi tu es plutôt mignon, je suis étonnée que tu sois célibataire…

– Je ne suis pas vraiment célibataire, dis-je en parvenant enfin à reprendre mes esprits. Je vois quelqu'un depuis un mois, enfin c'est le début, je ne sais pas encore ce que ça va donner.

– Si tu veux un conseil, évite de lui dire que tu fréquentes une escort.

– C'est sûr… Et toi, tu fais ça depuis longtemps ?

– Six mois, répondit-elle en tapotant sa cigarette au-dessus du cendrier. En fait, depuis l'anniversaire de mes dix-huit ans. Mais je ne bosse pas tant que ça, j'ai sélectionné cinq clients réguliers qui me rapportent environ 2 000 euros par mois. C'est largement suffisant pour payer mon loyer, mes courses et mes études. Je ne me plains pas, les cinq types sont plutôt réglos, mais je n'ai pas envie de me prostituer toute ma vie. D'ailleurs, j'ai accepté de te voir uniquement parce que Florent m'a assuré que tu étais une personne de confiance, enfin il m'a dit que tu étais prof d'histoire-géo, et personne n'a jamais eu quoi que ce soit à craindre d'un prof d'histoire-géo. »

C'était faux : avant de prendre la tête des Khmers rouges et de couper celles de deux millions de Cambodgiens, Pol Pot était justement prof d'histoire-géo. Toutefois, la réputation d'intégrité associée à mon métier ne manqua pas de me flatter. « J'ai préparé 300 euros dans l'enveloppe sur la table de chevet », dis-je pour démontrer ma bonne foi. Elle s'en saisit et vérifia le contenu.

« Le compte y est, confirma-t-elle. Il reste une demi-heure, tu veux que je te fasse un massage ?

– Pourquoi pas, oui. »

Elle sourit, s'assit sur mon dos et commença à malaxer mes épaules avec délicatesse. Ses mains étaient douces et chaudes, je sentis rapidement les nœuds de tensions musculaires s'estomper et laisser place à un délassement général.

« Tout cet argent, ça te sert à payer tes études ? demandai-je. Florent m'a dit que tu voulais devenir journaliste.

– Oui, pour l'instant je suis en licence de lettres à Nanterre, et dans deux ans j'aimerais intégrer une formation spécialisée en journalisme. L'idéal serait d'être acceptée à Sciences Po, mais leur master coûte plus de 10 000 euros… Ils ne se font pas chier, l'enseignement supérieur public est censé être gratuit, c'est écrit dans la Constitution. En plus ça coûte un bras de vivre à Paris : 800 balles de loyer et 600 pour les courses et sorties, donc oui, je travaille pour obtenir un bon diplôme.

– Tu n'es pas obligée de te prostituer pour autant. Il y a des aides sociales, des bourses, des allocations…

– Non, les bourses universitaires du Crous sont calculées sur les revenus des parents, et les miens sont au-dessus du seuil.

– Justement, ils ne peuvent pas t'aider ? »

Elle accentua brusquement la pression sur mes épaules. « Mes parents sont des putains de radins. Ils refusent de me verser un centime, tout ça pour me faire prendre conscience de la “valeur-travail”. J'aurais pu faire un emprunt bancaire mais j'ai préféré les prendre au mot en gagnant mon propre argent. Évidemment, ils ne savent rien de l'origine de mes revenus.

– Tu leur as dit quoi ?

– Que je bossais dans un Starbucks. Ils m'ont dit qu'ils étaient fiers de moi, ces cons ! Mais j'ai ma dignité, je préfère donner mon cul à des beaux mecs plutôt qu'à une multinationale véreuse qui exploite les producteurs de café. J'emmerde le capitalisme et ses jobs avilissants, il est hors de question que je prenne part à ce système. »

De toute évidence, j'avais affaire à un beau spécimen de révoltée, une militante du Grand Soir, quelqu'un qui ne se laissait pas dicter sa conduite. Lorsque j'étais à la fac de Tolbiac, mon amphi regorgeait de ce genre d'individus. Ils n'étaient pas vraiment dangereux, j'avais déjà constaté que la plupart d'entre eux se limitaient à militer en respectant les règles démocratiques (manifestations, cafés-débats, grèves) même si d'autres, ressentant un besoin supérieur d'exister, se risquaient parfois à des actions violentes (salles de classe saccagées, professeurs tabassés, voitures incendiées). Le point d'orgue de leurs convictions se situait habituellement entre dix-huit et vingt-cinq ans ; Anaé était en plein dedans.

Elle poursuivit son massage en passant ses pouces le

long de ma colonne vertébrale, puis sous mes omoplates ; ma respiration s'était considérablement ralentie. Elle s'attarda ensuite longuement sur le bas de mon dos avant d'étirer mes deux bras vers l'arrière. Une chaleur diffuse traversait mes muscles dorsaux et soulageait le reste de mes membres, c'était du beau boulot, elle massait presque aussi bien que les Thaïlandaises.

Elle écrasa finalement sa cigarette dans le cendrier et consulta sa montre : l'heure était écoulée. « Si tu veux me revoir, tu m'envoies un SMS, annonça-t-elle. Mêmes conditions, mêmes tarifs. » Elle se rhabilla à la hâte, fourra l'enveloppe de billets dans son sac, et m'adressa un geste d'au revoir. Assommé sur le lit, je l'observai qui s'éloignait vers la porte d'entrée, puis m'endormis comme une masse.

15.

Nadia fut convoquée pour trois entretiens supplémentaires au siège social d'Accor. Contrairement à ce que nous imaginions, les candidats au poste étaient peu nombreux et il devint rapidement clair que son dossier taillé sur mesure la plaçait en position de favorite. Ce n'est que beaucoup plus que tard que j'appris qu'Henri, à l'occasion d'un déjeuner arrosé, avait fait basculer l'avis du secrétaire général en notre faveur. Il avait vanté les qualités de Nadia avec une ardeur inexplicable, racontant combien il la tenait en estime et à quel point sa personnalité l'avait ébloui au cours de leur unique rencontre. Son témoignage avait été décisif ; trois jours plus tard, elle reçut un coup de fil lui annonçant la bonne nouvelle : « Bienvenue chez nous. »

Elle donna sa démission auprès de Zara avec un enthousiasme mêlé d'appréhension. « J'ai l'impression d'avoir vendu mon âme au diable », répétait-elle, angoissée. J'essayai de la rassurer en lui expliquant que tout cela n'était qu'une grande pièce de théâtre, un jeu qu'on pouvait arrêter à tout moment si les choses tournaient mal, mais elle ne se montra qu'à demi convaincue.

La direction des ressources humaines d'Accor lui demanda de préparer l'habituelle documentation inhérente à toute prise de fonction. Dans la liste des pièces à fournir figuraient un RIB, une photocopie de son passeport, une attestation de sécurité sociale, deux photos d'identité, son CV, et bien sûr le dernier diplôme obtenu. Elle envoya l'ensemble des fichiers par mail – y compris le master d'Henri que j'avais retouché – avec le sentiment de faire quelque chose de très grave. L'entreprise accusa aussitôt réception de son message. « Je vous confirme que votre dossier RH est complet », écrivit son interlocutrice sans plus de détails. Nous redoutions que la supercherie soit découverte lors de l'examen des documents, mais rien de tel ne se produisit. Comme je le soupçonnais, les services administratifs s'étaient contentés de stocker ses fichiers sans même prendre la peine de les vérifier.

Un mois plus tard, allongé sur le clic-clac de son studio, je l'écoutais faire le bilan de ses premières semaines dans l'entreprise. Elle avait été agréablement surprise de l'accueil qu'on lui avait réservé. La direction avait préparé un vaste bureau offrant une vue imprenable sur tout le Sud-Ouest parisien, et trois adorables chargés de mission l'assistaient dans ses tâches quotidiennes. De façon générale, la douceur et la bienveillance des collaborateurs l'avaient sidérée. À ce niveau de responsabilités, elle s'attendait à mettre les pieds dans un nid de vipères où grouilleraient des femmes et des hommes sans pitié, dénués d'empathie et mus par la seule ambition de générer du profit, mais en réalité, les membres du Comex étaient pour la plupart des pères de famille rigolos, amateurs de pêche et de bricolage.

Surtout, sa prise de fonction intervenait en plein été, ce qui lui laissait le temps de s'approprier les dossiers sans être dans l'urgence. La plupart des employés avaient posé leurs congés au mois d'août, et les couloirs de l'entreprise étaient quasiment déserts. Seul un petit groupe d'irréductibles juillettistes étaient déjà revenus de vacances. Ils avaient sans doute souhaité éviter le redoutable chassé-croisé de l'Assomption, et on pouvait les comprendre : Bison futé prévoyait des journées noires sur l'ensemble des grands axes, avec des embouteillages record entre les agglomérations et le littoral.

Nadia prit une bouteille de Schweppes dans le frigo, coupa une rondelle de citron et se prépara un gin tonic frais. La condensation créait une buée glaciale sur le verre. « Ils font tout pour me mettre à l'aise mais il reste quand même beaucoup de choses que je ne maîtrise pas, m'expliqua-t-elle. Par exemple, je n'ai jamais animé une réunion, ni managé une équipe, ni négocié avec des fournisseurs, et là on me demande de faire tout ça à la fois. En plus, les codes de l'entreprise me sont largement inconnus, surtout la manière de parler, cette imbuvable novlangue corporate qui anéantit la pensée : shooter un livrable, drafter une propale, merger des workshops, dropper un save the date… Chaque fois qu'un collègue emploie ces anglicismes, je repense à la lettre que de Gaulle avait adressée à Pierre Mesmer en 1962 : “Mon cher Ministre, j’ai récemment constaté un emploi excessif de la terminologie anglo-saxonne, je vous serais donc obligé de donner des instructions pour que les termes étrangers soient proscrits chaque fois qu’un vocable français peut être employé… c’est-à-dire dans tous les cas.” Tu imagines un P-DG envoyer un truc pareil à ses équipes aujourd’hui ? Bref, ce n’est pas grave, je dois me couler dans le moule. Pour l’instant, j’ai commis quelques erreurs de débutante mais la direction ne les a pas relevées. Je me demande s’ils ne sont pas en train de me tester.

– Je pense plutôt qu’ils s’en moquent royalement, ils te font une confiance aveugle parce qu’ils te considèrent comme l’une des leurs. Tu as vu ta biographie sur le site web de l’entreprise ? Elle commence par : “Diplômée d’HEC, Nadia Azzaoui est directrice de la RSE et membre du comité exécutif.” Ce diplôme est la marque indélébile de ton appartenance à leur cercle, c’est la première chose que l’on dit de toi, c’est ce qui te définit. »

Elle fit tinter les glaçons dans son verre et haussa les épaules. « Ce n’est pas si simple, on attend quand même de moi un haut niveau de compétence. Mais bon, pour l’instant c’est largement à ma portée, je me contente de suivre la stratégie élaborée par la directrice précédente. Elle avait décidé de réduire massivement notre consommation d’eau et d’énergie, d’intégrer nos hôtels dans les écosystèmes, de modifier nos pratiques d’approvisionnement et de mieux valoriser nos déchets. Au début, j'ai eu très peur de ne pas savoir mettre en pratique ces engagements, je redoutais d'être prise en flagrant délit d'incompétence, mais j'ai rapidement compris que ça se limitait à acheter des milliers de chiottes à chasse d'eau économique. N'importe qui pourrait le faire.

– L'humanité est sauvée…

– L'humanité non, mais la boîte un peu plus. Accor a récemment commandé une étude pour faire le bilan de ses efforts sociaux et environnementaux, et les résultats démontrent de véritables bénéfices. Regarde. »

Elle me tendit un dossier d'une trentaine de pages sur lequel on voyait un homme d'affaires rire aux éclats dans un hall d'hôtel végétalisé. Je parcourus rapidement l'introduction : « Malgré les immenses progrès réalisés dans le monde en matière de RSE, de nombreuses sociétés se posent encore des questions sur le réel bénéfice de telles initiatives. Elles reconnaissent que “faire le bien” est une démarche noble et juste, mais bon nombre d'entre elles ont du mal à estimer si les initiatives de durabilité sont bénéfiques pour leurs affaires. » Faire le bien ? Travestir du marketing écologique en convictions morales, franchement il fallait oser. Je sautai directement à la conclusion : « Comme le prouve cette étude, les initiatives responsables contribuent à la satisfaction client et à la rentabilité. La RSE permet à l'entreprise d'améliorer son image de marque sur le marché en affichant un comportement responsable, attitude à laquelle les clients sont de plus en plus sensibles. » Là c'était plus sincère, on revenait dans le dur, dans la manipulation du consommateur et la recherche de profit à l'état brut.

« C'est un peu du greenwashing, concéda Nadia, je sais bien que je bosse davantage pour moi que pour la planète. D'ailleurs, mon premier salaire a été versé…

– Combien ? »

Je la sentis soudainement gênée, elle n'osait pas m'en révéler le montant exact, je dus insister un peu pour qu'elle avoue. Après avoir respiré un grand coup, elle finit par cracher le morceau : « 11 210 euros pour le seul mois d'août. Jamais je n'aurais pensé toucher autant un jour. » Elle se tut, considéra pensivement les glaçons en train de fondre dans le gin, puis ajouta : « Je ne sais pas dans quoi je me suis embarquée, mais pour l'instant ça ressemble à un rêve… Je voulais te remercier pour tout ce que tu as fait. Tout ça, c'est grâce à toi. »

J'agitai les mains pour exprimer mon désaccord.

« Non, non, fis-je modestement, c'est toi qui as préparé l'entretien et qui les as convaincus.

– Peut-être, mais je ne m'en serais jamais crue capable. Tu as su trouver les mots pour m'encourager, me tirer vers le haut, me pousser à donner le meilleur de moi-même. Tu as renoué le contact avec ce frère que tu détestes pour m'obtenir un rendez-vous. Tu m'as coachée comme un malade ! Tu t'es démené parce que tu crois en moi, et je ne connais pas beaucoup d'hommes qui auraient fait preuve d'autant de détermination pour une femme rencontrée un mois plus tôt dans une salle de sport. Alors pour te remercier, je t'ai fait un cadeau… Ferme les yeux et donne-moi ta main. »

Je m'exécutai, traversé par une légère inquiétude (je déteste qu'on scrute ma réaction lors du déballage d'un cadeau, craignant toujours de laisser transparaître ma déception). Elle déposa dans le creux de ma paume un objet froid, métallique, plutôt léger. « Surprise ! » s'écria-t-elle. Je rouvris les yeux : c'était un trousseau de clés.

« Tu m'as offert une voiture ?

– Mais non, dit-elle en riant, c'est le double de mon nouvel appartement. Avec ces 11 000 euros mensuels, il est hors de question de rester dans ce studio minable. Je me suis fait plaisir, j'ai loué un cent vingt mètres carrés haussmannien avenue Victor-Hugo, en plein XVIe arrondissement. La visite a eu lieu hier et le propriétaire a immédiatement accepté mon dossier quand il a vu ma fiche de paie. Je déménage ce week-end, enfin, *on* déménage ce week-end…

– Comment ça, *on* ? »

Elle se plaça devant moi et me prit les deux mains : « Écoute, je me sens bien avec toi, Guillaume. Ça peut paraître précipité, on ne se connaît que depuis quelques semaines, mais j'en ai assez de mettre des obstacles à mon bonheur. J'ai envie d'essayer, j'ai envie de te faire confiance, je crois que ça peut marcher. »

Je la dévisageai sans un mot, complètement abasourdi. Après douze ans de relation étouffante avec Cécile, j'avais renoué avec une liberté inespérée qui m'avait – même si l'expression était mièvre – redonné goût à la vie. Et voilà que la première venue me proposait d'emménager avec elle. Je connaissais trop bien le piège de la cohabitation : on croit naïvement que la complicité va se renforcer dans le partage du quotidien, et c'est finalement le romantisme qui s'effondre. Une réaction saine aurait donc été de préserver mon espace vital, mais dans le même temps, la perspective d'un niveau de vie multiplié par cinq ne me laissait pas indifférent. Je comparai mentalement le cent vingt mètres carrés de Nadia avec mon pitoyable deux-pièces. Mon hésitation dura moins de cinq secondes, il n'y avait pas photo, c'était l'occasion ou jamais d'améliorer ma vie et de tenter ma chance avec une femme qui me plaisait. Le raisonnement était un peu opportuniste mais je m'en fichais, je m'étais complu trop longtemps dans une autoflagellation malsaine, il était désormais temps d'apprendre à penser à moi.

« Tu es une femme exceptionnelle…, dis-je avec sincérité. Moi aussi j'ai envie d'essayer, et je te promets de tout faire pour être à la hauteur. Tout ce qui m'importe, c'est de nous rendre heureux. » Un sourire de bonheur pur illumina aussitôt son visage. Émue aux larmes, elle me sauta au cou, m'enlaça de toutes ses forces, et chuchota d'une voix presque inaudible : « Je crois que je t'aime… »

II

« Tout dépend de l'aplomb, ici. Un homme un peu malin devient plus facilement ministre que chef de bureau. Il faut s'imposer et non pas demander. »

Guy de Maupassant

1.

Deux ans s'étaient écoulés depuis notre emménagement.

Avec son parquet en point de Hongrie, ses moulures au plafond et son mobilier de créateurs scandinaves, notre nouveau logement me donnait l'impression de vivre dans un catalogue Roche-Bobois. Le salon laissait entrer une quantité indécente de lumière, la chambre à coucher accueillait un lit de 180, et la cuisine comportait un bar à l'américaine ouvrant sur une vaste salle à manger, ce qui me permettait – pour la première fois depuis mon arrivée à Paris – de prendre mes repas ailleurs que sur mon canapé. Nous nous étions même offert le luxe de consacrer une pièce entière à un système de home cinéma, et contrairement à mon frère, nous avions eu le bon goût d'opter pour un vidéoprojecteur plutôt que pour un téléviseur géant. Je me sentais donc comme le pape dans ses appartements, à la différence près que je n'avais pas fait vœu de chasteté. Anaé continuait de venir une à deux fois par mois pour m'initier à des plaisirs insoupçonnés. Nos rapports sexuels avaient lieu le plus souvent dans la douche à l'italienne ou sur le plan de travail de la cuisine, mais plus rarement au lit pour éviter de laisser des traces compromettantes de nos ébats. Elle travaillait avec un professionnalisme admirable, me prodiguant des conseils pratiques pour améliorer mon plaisir et le sien, dans un genre de cours d'éducation sexuelle pour adultes.

Tout au long de cette période, Nadia ne se douta de rien. Elle passait ses journées au bureau et ne rentrait que tard le soir, complètement exténuée. Mon comportement était inexcusable, mais qu'est-ce qui me garantissait qu'elle n'allait pas m'abandonner du jour au lendemain comme Cécile ? Je n'étais pas dupe, elle gagnait désormais six fois plus que moi, ce n'était qu'une question de temps ; un jour ou l'autre elle rencontrerait un cadre supérieur friqué qui la ferait rouler en Audi. Pour l'instant elle n'avait d'yeux que pour moi, mais inéluctablement le doute finirait par s'installer. « Qu'est-ce que je fais avec ce mec ? Pourquoi passe-t-il ses week-ends à jouer aux jeux vidéo et à regarder des séries ? Est-ce que je ne mérite pas mieux que lui ? » J'estimais à un an, tout au plus, le temps qu'il me restait avant qu'elle s'aperçoive de son erreur. En attendant, j'essayais de profiter de la chance tant qu'elle me souriait.

Pour alléger la culpabilité de l'adultère, j'avais entrepris de jouer les hommes parfaits. Je m'occupais des courses, de la cuisine, du ménage. Je lui offrais des fleurs, des dîners aux chandelles, des week-ends en amoureux. Je la couvrais de compliments. J'avais même appris à faire des massages thaïlandais. Le plus stupéfiant, c'est que ce mensonge à moi-même avait fini par fonctionner, je m'étais mis à y croire, je me disais que je n'étais pas complètement un salaud, et que c'était même le contraire.

Bien sûr, Nadia était ravie d'être choyée par son prince charmant. Pour faciliter le quotidien, elle m'avait rapidement proposé d'ouvrir un compte commun que nous alimentions tous les deux à proportion de la moitié de nos revenus : 970 euros pour moi, 5 605 pour elle. C'était parfaitement inéquitable mais peu lui importait. « Je te dois bien ça », répétait-elle comme si j'étais l'artisan de sa réussite. Avant chaque rendez-vous avec Anaé, je retirais ainsi 300 euros en espèces avec la carte commune ; la dépense passait inaperçue, noyée dans le flot des autres opérations bancaires.

Professionnellement, Nadia continuait d'exercer ses missions chez Accor avec le plus grand sérieux. Celles-ci l'avaient amenée à se rendre en Chine, au Brésil et aux États-Unis pour inaugurer de nouveaux hôtels en matériaux biosourcés, superviser les filières de tri des déchets, réfléchir à la suppression des plastiques à usage unique et veiller au respect de la charte éthique par les sous-traitants. À l'issue de sa première année d'exercice – jugée excellente par la direction générale –, elle fut gratifiée d'une augmentation de 12 % et d'une prime exceptionnelle de 10 515 euros. Ce n'était pas du luxe, elle travaillait énormément et s'était sincèrement prise de passion pour ses nouvelles fonctions. Notre bibliothèque regorgeait désormais d'ouvrages sur la transition écologique, les innovations durables et les stratégies sociétales d'entreprises. Il y avait également de nombreux essais de développement personnel dont les couvertures faisaient invariablement la même promesse : ce livre va changer votre vie. La richesse, la liberté et le bonheur étaient à portée de main, il suffisait d'appliquer la méthode miracle de l'auteur (méthode qui consistait généralement en des évidences banales : se lever tôt, éviter de procrastiner, organiser son travail). Nadia trouvait cela révolutionnaire, elle sortait de ces lectures avec un stock de motivation reconstitué pour six mois, prête à lutter jusqu'au sang pour son entreprise.

De mon côté, je continuais d'enseigner l'histoire-géographie au lycée de Bobigny. Pour la première fois depuis le début de ma carrière, je me rendais en cours la tête haute, l'allure fière, plein d'une dignité nouvelle que je tirais de mon nouveau statut. J'appris à mes collègues que ma rupture amoureuse avait agi comme un électrochoc qui m'avait poussé à me réinventer. « Attachez vos ceintures, le nouveau Guillaume débarque et il est reboosté à bloc ! » avais-je fanfaronné le jour de la rentrée, immédiatement après mon emménagement avec Nadia. Quelques profs dépressifs m'avaient fixé en tirant une gueule de six pieds de long : chez eux, l'été n'avait rien changé. En revanche, les élèves avaient immédiatement remarqué ma métamorphose. Je débarquais désormais dans ma salle de classe d'un air crâne, sûr de mon autorité, vêtu d'un costume Hugo Boss qui mettait en valeur la largeur de mes épaules. « Hamza, tu la fermes. Alissa, au tableau, dépêche-toi. »

Le rapport de domination s'était complètement inversé, je promenais maintenant sur eux un regard despotique, prêt à déclencher une répression stalinienne à la moindre manifestation d'insolence. Ébahis, les élèves conservaient un silence radical pendant toute la durée de mes cours.

Deux ans, donc. Nous étions le samedi 13 juillet 2019 : le soleil brillait de mille feux, les femmes se baladaient en jupe, et le solde de notre compte courant s'établissait à 50 600 euros. Nous déambulions sur les boulevards du VIIe arrondissement à la recherche d'un cadeau pour le père de Nadia qui s'apprêtait à fêter ses soixante-six ans. Elle lui avait promis de passer le dimanche à Reims pour cet anniversaire mais n'avait toujours rien trouvé à lui offrir. « Je ne veux pas d'un truc bling-bling, précisa-t-elle, ce n'est pas son genre. Il faut plutôt un bel objet, quelque chose qui dure.

– On peut faire un tour au Bon Marché, proposai-je, ça te donnera sûrement des idées. »

Nous gagnâmes le temple ultime de la consommation bourgeoise – « cathédrale du commerce moderne » selon les mots de Zola – qui trônait au milieu de la rue de Sèvres. « C'est le Bon Marché qui a inauguré l'ère des grands magasins, m'apprit Nadia en entrant dans le bâtiment. C'était le début des articles standardisés, de la pub, et du satisfait ou remboursé. C'était aussi la première fois qu'on proposait une "expérience client" grâce aux midinettes, ces vendeuses-esclaves formées pour conseiller des acheteuses tyranniques qui les faisaient renvoyer au moindre faux pas. Au fond, en employant des smicardes de banlieue en CDD, Zara n'a fait que reprendre les méthodes du XIXe siècle... » Elle sourit à l'évocation de son ancien employeur ; tout ça, c'était derrière elle.

Nous circulions dans le magasin sans idée particulière, avant de nous arrêter devant un stand consacré au savoir-faire suisse. « Il y a de jolies montres, remarquai-je, ça pourrait être une idée pour ton père.

– Pourquoi pas, ça fait des lustres qu'il porte la même. »

Une vingtaine de modèles étaient exposés sous une vitrine sécurisée en Plexiglas. Nadia passa un bon quart d'heure à inspecter les bracelets et les cadrans sans parvenir à se décider. Puisqu'il était impossible de discriminer les modèles selon leur utilité pratique – qui se résumait à donner l'heure –, les fabricants avaient eu l'amabilité de leur associer un symbole : Jaeger-LeCoultre jouait la carte du « souvenir éternel » tandis que Tag Heuer vantait des montres « pour les aventuriers d'aujourd'hui ». Rolex, moins hypocrite, célébrait tout simplement « des montres pour ceux qui réussissent ».

Nadia demanda à la vendeuse de sortir un modèle minimaliste doté d'un bracelet en cuir brun et d'un cadran en aluminium brossé. « Faites-la essayer à mon mari, dit-elle, j'aimerais voir ce que ça rend sur un poignet d'homme. » Pour se vieillir et s'accorder du sérieux, elle avait pris l'habitude de me présenter en public comme son époux, ce qui me faisait sourire sans me déranger réellement. J'enfilai la montre à 1 295 euros et observai mon reflet dans le miroir ; ça en jetait, le père Azzaoui allait pouvoir sévèrement frimer lors de ses vacances au bled. « Parfait, on la prend », dit Nadia avec satisfaction.

Pendant que la néo-midinette préparait notre paquet, un parfum étrangement familier s'insinua dans mes narines. « Guillaume ? » demanda une voix aiguë dans mon dos. Je me retournai. Il me fallut plusieurs secondes pour reconnaître Cécile. Je n'en croyais pas mes yeux, à peine vingt-quatre mois s'étaient écoulés mais elle semblait porter les stigmates de dix années supplémentaires. Son visage était devenu bouffi et des renflements graisseux s'étaient accumulés sous ses yeux. J'estimais sa prise de poids à dix ou quinze kilos, essentiellement localisés dans ses cuisses. Notre rupture ne l'avait malheureusement pas épargnée.

« Cécile ?

– Salut, articula-t-elle sèchement. Qu'est-ce qui s'est passé, tu portes des chemises, maintenant ? On dirait un bourgeois du XVIe, je t'ai à peine reconnu de dos.

– Oui, j'ai décidé de me reprendre en main. Je te présente Nadia, on s'est rencontrés peu après notre rupture. On habite effectivement dans le XVIe arrondissement désormais. »

Elle leva les yeux et la dévisagea avec perplexité. Ma soi-disant épouse la dépassait d'une bonne tête, et ses interminables jambes la faisaient paraître encore plus grande.

« C'est donc vous…, dit Nadia sur un ton énigmatique.

– Qu'est-ce que vous insinuez ?

– Rien, Guillaume m'a beaucoup parlé de vous.

– Ah, je suis sûre qu'il vous a brossé un portrait très

objectif de notre couple ! Tu as encore dû me décrire comme le petit roquet de service, hein, Guillaume ? »

C'était reparti, rien n'avait changé, elle ne pouvait pas s'empêcher d'être agressive. « J'ai pu laisser entendre que tu avais tes humeurs…, dis-je avec une fatigue visible.

– C'est ça, pauvre chaton délivré des griffes de sa tyrannique maîtresse. Tu as toujours aimé ça, te positionner en victime.

– Je vois que tu es toujours autant sur les nerfs. Essaie le yoga, ça pourrait te faire du bien. Par contre, je ne sais pas si tu auras la souplesse nécessaire… »

Elle éclata d'un rire exagérément moqueur. « Eh ben ! Monsieur a pris de l'assurance ! Il t'est poussé une paire de couilles ou quoi ? Redescends sur terre, c'est pas ta grosse montre qui va faire oublier que tu es un fonctionnaire raté.

– Charmant, coupa Nadia. On va y aller, je n'ai pas le temps d'assister à vos règlements de comptes.

– Bonne idée, dit Cécile en m'adressant un regard haineux. C'est l'heure de rentrer à la maison.

– Ferme-la…, lâchai-je soudain avec exaspération.

– Pardon ? »

J'effectuai un pas pour m'approcher d'elle et répétai très calmement : « Tu m'as bien entendu : ferme ta grande gueule. J'en ai ras le bol de ton agressivité. Dès l'instant où tu as franchi la porte de notre appartement il y a deux ans, ça a été un soulagement, et tu sais pourquoi ? Parce que tu n'es qu'une conne névrosée qui passe sa vie à pourrir celle des autres. Partout où tu passes, tu ne suscites qu'agacement et irritation, personne ne te supporte, je ne sais pas comment j'ai pu prendre sur moi pendant si longtemps. »

Elle écarquilla les yeux et vira écarlate. Je me rapprochai encore pour la toiser tout à fait ; son visage était à dix centimètres du mien. Je poursuivis avec une impassibilité glaciale : « Toutes ces années à supporter tes susceptibilités, tes jalousies et tes minables petites colères… Pendant dix ans j'ai fait des cauchemars d'asphyxie, je me voyais en train de me noyer au fond de l'océan comme au début du *Grand Bleu*, et je n'ai pas besoin de m'appeler Jacques Lacan pour interpréter le sens de ce rêve. Curieusement, j'éprouvais tout de même de l'affection pour toi, je me persuadais qu'on était un couple normal, que l'amour entraînait nécessairement des tensions de temps à autre, mais depuis que j'ai rencontré Nadia, je me rends compte que c'était simplement toi, le problème. Une chieuse doublée d'une connasse, voilà ce que tu es. Alors maintenant, c'est terminé, je ne veux plus jamais te voir, dégage et trouve un autre mec pour passer tes nerfs. Ça ne va pas être facile avec ta personnalité exécrable et tes quinze kilos de trop, mais ne t'en fais pas, tout le monde a droit au bonheur aujourd'hui. »

Cécile chercha ses mots pour répliquer, mais ma tirade l'avait mise KO. Elle finit par marmonner une réponse indistincte comportant le mot « connard », puis s'éloigna d'un pas chancelant. Je pris Nadia par la main et quittai le magasin par la sortie opposée.

« Dis donc, me dit-elle une fois dans la rue, tu n'y es pas allé de main morte.

– J'aurais dû lui dire tout ça depuis bien longtemps, fis-je sans éprouver un seul remords.

– Je ne te pensais pas capable d'être aussi méchant… La pauvre, elle risque d'en pleurer tout l'après-midi.

– Oh, elle va s'en remettre ! Tu ne peux pas imaginer à quel point je suis soulagé d'avoir enfin vidé mon sac. »

Autour de nous, les rues du VIIe arrondissement grouillaient d'une agitation à la fois populeuse et mondaine. Des touristes russes se pressaient dans les boutiques de luxe pour rattraper un demi-siècle de pauvreté communiste, tandis que des jeunes filles de bonne famille flânaient autour de Sciences Po, un MacBook sous le bras, prêtes à se tailler une place de choix dans un marché du travail conçu pour les faire triompher.

Le départ du TGV de Nadia était prévu à 18 h 28. La gare de l'Est n'était qu'à vingt minutes de métro mais nous avions à présent l'habitude d'effectuer nos déplacements en taxi en faisant passer la dépense en note de frais. Elle commanda un Uber qui nous prit en charge en un éclair. La Toyota Prius s'engagea dans la rue de Sèvres en glissant silencieusement sur le bitume, on n'entendait pas le moindre vrombissement de moteur, ils avaient fait de l'excellent boulot, ces Japonais. Un quart d'heure plus tard, le véhicule s'immobilisa devant la gare. « Bon week-end, mon amour, tu vas me manquer », dit-elle en déposant un baiser sur mes lèvres. Elle sortit de la voiture, tira la poignée de sa valise Samsonite et disparut vers le quai.

« Où on va, chef ? » demanda le chauffeur en me regardant dans le rétroviseur intérieur. Je baissai la vitre électrique et jetai un coup d'œil circulaire sur le parvis de la gare : à gauche, deux junkies se disputaient un morceau de crack à coups de tessons de bouteille, et à droite, une file de migrants rescapés de la Méditerranée attendaient la distribution d'une soupe populaire. Un soupir de désolation s'échappa de mes lèvres. « On va dans l'Ouest », répondis-je en refermant la vitre.

2.

Nadia retournait assez rarement dans sa ville natale. Elle prétextait tour à tour une migraine, un coup de fatigue ou du travail à finir, mais il était limpide que la perspective de voir ses parents la rendait nerveuse. Onze ans après son envol du nid, il ne lui restait plus grand-chose à partager avec ces vieux retraités franco-algériens qui vivaient reclus dans leur bloc HLM. Je ne lui jetais pas la pierre, moi-même je ne rendais visite à mes parents qu'une ou deux fois par an, et à ma grand-mère encore plus rarement, l'atmosphère morbide de son Ehpad me rendait malade, j'en ressortais systématiquement avec une rage sourde et une foi accrue dans l'euthanasie. Pourtant, leur implication dans mon éducation avait été remarquable, ma mère surtout s'était démenée pour m'assurer une enfance heureuse, elle avait donné sans compter pendant dix-huit ans, et aujourd'hui, alors que venait le temps de la contrepartie, elle ne recevait aucune attention en retour ; je n'étais définitivement pas un investissement rentable.

Nadia rentra le lundi soir l'air maussade, abattue par les

deux journées familiales qui venaient de s'écouler. « Je suis vannée, dit-elle en déposant son bagage dans la chambre. J'ai l'impression d'être partie trois semaines.

– C'était bien ? demandai-je.

– Je crois, oui… Dimanche midi, on a fêté l'anniversaire de mon père, je lui ai offert la montre, il était très gêné lorsqu'il a compris qu'il s'agissait d'une marque de luxe mais ça lui a fait plaisir. L'après-midi, on est allés voir ma tante, et puis on est revenus le soir pour le feu d'artifice du 14 juillet. C'était émouvant de se retrouver là, tous les trois dans la douceur de la nuit, avec ces explosions rouges, vertes et dorées qui criblaient le ciel de lumières. Pendant qu'on regardait les fusées décoller, j'ai vu ma mère verser une larme en silence. Elle m'a dit que c'était à cause du vent mais je crois qu'elle était émue que je sois auprès d'eux, qu'on passe ce moment ensemble. Ce matin, pendant que je l'aidais à préparer le couscous et que mon père écoutait la radio, elle m'a posé plein de questions sur mon travail. J'ai essayé de lui expliquer en quoi ça consistait, mais les problématiques de transition écologique lui passent complètement au-dessus de la tête. Enfin peu importe, elle a compris que j'avais une bonne situation, et ça lui suffit, rien que pour ça elle est fière de moi. Elle m'a rappelé que tout ce qu'elle avait fait dans sa vie de mère, elle l'avait fait pour moi, pour que j'aie une existence meilleure que la sienne.

– Tu lui as parlé du diplôme ?

– Je n'ai pas eu besoin, elle imagine que j'ai accédé à ce poste grâce à ma licence… »

Elle se laissa tomber sur le lit avec accablement et fixa

pensivement le plafond. Ses yeux avaient perdu leur éclat et une mèche de cheveux barrait son visage mélancolique ; elle n'avait vraiment pas l'air dans son assiette. « Tu es sûre que ça va ? demandai-je, un peu inquiet.

– Bof…

– Quoi, tu n'étais pas contente de les revoir ?

– Non, enfin si, mais je n'étais pas très à l'aise. Tout me rappelait la Nadia d'avant. Rien n'a changé là-bas, ils continuent de manger leurs merguez avec les doigts, de parler la bouche pleine… tandis que moi, je me sens différente. Une autre. Quelle fille est assez ingrate pour renier ses origines alors que ses parents se sont tués à la tâche pour lui assurer un bel avenir ? Je me sens honteuse, comme si je les trahissais…

– Tu n'as pas à t'en vouloir, dis-je en posant une main compatissante sur son épaule.

– Je sais, mais c'est comme ça, c'est ce que je ressens. J'y suis habituée, c'est une culpabilité qui est ancrée en moi depuis l'adolescence. Ça a commencé vers 2001, lorsque mon père m'a fait entrer par dérogation dans un lycée bourgeois du centre-ville. Dès le premier jour, j'ai eu l'impression d'être une intruse. Les autres élèves s'exprimaient avec une aisance incroyable, on aurait dit qu'ils parlaient une autre langue, les mots qu'ils employaient ne me seraient jamais venus à l'esprit. À l'écrit, c'était la même chose, mon vocabulaire basique ne me permettait pas de formuler des idées complexes, j'avais beaucoup de mal à rédiger des dissertations alors que les autres n'éprouvaient aucune difficulté. C'étaient des fils de profs, de médecins, d'avocats... Des privilégiés habitués depuis l'enfance à manier des concepts abstraits et à produire de jugements intellectuels. Ils paraissaient confiants, épanouis, légitimes. Je me suis rendu compte qu'entre eux et moi, il y avait un fossé culturel que je devais combler au plus vite. »

Je haussai les épaules ; peut-être avait-elle raison, je ne savais pas, je n'étais pas ce qu'on appelle pompeusement un « transfuge de classe », je ne vivais pas cette fracture avec moi-même puisque j'étais demeuré dans le même milieu social depuis ma naissance. Du reste, ma conscience de classe avait été aussi aiguë que la sienne, mais dans l'autre sens : je savais que j'appartenais à la catégorie des privilégiés. Ma famille n'avait pourtant jamais « baigné dans le fric » – ma mère était professeure de philosophie, mon père chef de service au conseil régional de Bretagne – mais j'avais grandi avec les livres, les musées, les voyages et l'assurance qu'une place confortable m'était réservée dans le monde. Comme tous les enfants, j'avais intuitivement mesuré la position que mes parents occupaient dans la société. J'avais compris dès l'école primaire qu'il y avait plus riches que nous (ceux qui portaient des vêtements de marque, ceux qu'on venait chercher en Mercedes, ceux qui revenaient bronzés des sports d'hiver après les vacances de février) mais surtout, qu'il y avait plus pauvres. Notre femme de ménage constituait à cet égard un rappel permanent de notre rang de petits-bourgeois. Pendant quinze ans, j'avais vu cette vieille Portugaise évidemment adorable venir à la maison chaque semaine pour récurer nos toilettes, laver notre linge sale, faire notre vaisselle et vider nos poubelles, comme si nous ne pouvions pas le faire nous-mêmes. Je me souviens du sentiment que j'éprouvais, mélange d'embarras et de culpabilité, en observant ses mains épaissies par le travail manuel, son visage prématurément vieilli par la fatigue, son ventre distendu par les mauvaises habitudes alimentaires, et surtout sa posture voûtée, presque bossue, stigmate ultime de l'individu dominé qui ploie littéralement sous sa condition sociale. Pendant qu'elle s'éreintait pour effectuer nos corvées, ma mère corrigeait tranquillement des copies dans le jardin (son sujet favori : « L'homme doit-il travailler pour être humain ? »). Quelque chose ne tourne pas rond, me disais-je en assistant à cette scène récurrente, quelque chose doit changer.

Nadia se leva pour aller chercher un objet dans sa valise et revint près de moi. « J'ai récupéré un album photo », dit-elle en ouvrant un grand livre plastifié sur ses genoux. Sur la première page était inscrit au feutre noir : « Famille Azzaoui, années 1978-1998 ». Tout le souvenir de leur vie tenait dans cet objet de neuf cents grammes. Elle exhiba un cliché de ses parents – le premier que je voyais – en train de boire un thé à la menthe sur le port d'Alger. Son père était habillé exactement comme un Européen, avec un jean et une chemise blanche, alors que cela faisait deux ans que je l'imaginais écouter *Bambino* vêtu d'une djellaba et d'un fez. Elle tenait de lui son front droit et son nez légèrement busqué, mais son large sourire et sa fossette sur la joue droite venaient clairement de sa mère.

« Ils sont tous les deux nés en 1953, peu avant les premiers attentats du FLN, me raconta-t-elle. Leur enfance a été agitée à cause de la guerre mais ils n'en gardent qu'un souvenir flou, ce n'était pas vraiment leur génération. Quand ils me parlent de leurs jeunes années, ils évoquent surtout le plaisir d'avoir grandi au bord de la mer. Ils se sont mariés aussitôt après s'être rencontrés, à vingt-cinq ans. »

L'album contenait de nombreuses photos de la cérémonie de mariage. Pour l'occasion, son père s'était taillé une fine moustache qui longeait sa lèvre supérieure ; j'avais presque envie de m'en faire pousser une similaire mais j'aurais ressemblé à un pathétique hipster.

« Ils sont arrivés en France l'année de leurs trente ans, ajouta-t-elle, dans l'espoir banal d'y trouver une vie meilleure. Un de nos cousins déjà installé a réussi à leur trouver des missions d'intérim à Reims. Au départ, c'était censé être temporaire, et puis ils s'y sont établis définitivement. »

Elle tourna les pages. Un tirage montrait son père enfourchant une bécane de moto-cross dans un champ de blé. Ses lunettes à verre fumé des années 1980 lui donnaient un air louche, mélange de Mahmoud Abbas et de Marc Dutroux.

« Ils ont décidé de me concevoir assez tard, à trente-deux ans. La richesse espérée n'est jamais venue mais au moins ils avaient un emploi stable, la sécurité sociale et un appartement avec tout le confort moderne ; ça suffisait à garantir que leur fille serait *mieux qu'eux*. Tiens, là c'est moi à trois ans, à la rentrée en maternelle. » Elle me montra une petite fille brune tenant fièrement son cartable et sa trousse de crayons de couleur ; déjà à l'époque, elle avait ces yeux rieurs qui m'avaient séduit à la salle de sport. À la page suivante, on voyait la même enfant en train de déchirer des paquets-cadeaux sous un sapin orné de guirlandes. « Malgré leur foi musulmane, continua-t-elle, ils mettaient un point d'honneur à m'offrir des cadeaux de Noël. Grâce à ça, je revenais à la rentrée de janvier avec les derniers trucs à la mode, et je réalise avec le recul que cela visait à garantir ma bonne intégration à l'école. Dans la même veine, ils faisaient également attention à ne jamais parler arabe à la maison, et ils m'ont toujours interdit de porter le voile. En fait, leur volonté ultime, c'était mon assimilation complète dans le corps social français. L'intention était bonne mais ça n'a jamais permis de compenser mon nom de famille et ma peau basanée… »

Elle referma l'album et se leva pour aller dans la cuisine se faire une infusion à la verveine. Je l'avais déjà entendue évoquer son enfance à plusieurs reprises mais c'était la première fois qu'elle me livrait autant de détails. Tout compte fait, son environnement scolaire et familial se révélait moins défavorisé que je ne l'avais imaginé. Elle avait fréquenté un excellent lycée de centre-ville, reçu une éducation quasiment bourgeoise et côtoyé des enfants de bonne famille ; on était loin du stéréotype de « l'Arabe de cité » ancré dans l'imaginaire collectif français.

De mon côté, je n'étais pas du genre à me confier. Depuis notre rencontre, j'avais dû lui raconter deux ou trois souvenirs d'enfance complètement anecdotiques, sans réelle volonté de m'épancher sur mon histoire personnelle. « Le passé s'éclaire à mesure qu'il s'éloigne », avais-je lu un jour dans je ne sais quel livre de Jean d'Ormesson. Pour moi, c'était exactement le contraire : plus je vieillissais, moins je comprenais les forces profondes qui avaient structuré ma vie.

Nadia revint avec sa tisane à la main. « Demain j'ai une réunion à huit heures pour définir la politique de réutilisation des serviettes de toilette chez Accor. Tu sais qu'actuellement, on distribue en moyenne six serviettes par chambre ? Pourtant, le client n'en utilise qu'une ou deux ! Et lorsqu'il quitte l'hôtel, on les lave toutes à 90° C, même celles qu'il n'a pas touchées… C'est dramatique, je suis convaincue qu'il y a un levier de performance durable à activer sur ce sujet. Bref, je vais me coucher, tu viens ?

– Je te rejoins plus tard, je n'ai pas sommeil. »

Je la laissai dans la chambre et partis me préparer une tartine de saint-nectaire dans la cuisine. C'était de pire en pire niveau fromages, je passais des heures dans les boutiques spécialisées du XVIIe arrondissement pour acheter les meilleures appellations, et inéluctablement je finissais par accompagner ces bons produits de vin blanc, en ce moment j'appréciais particulièrement le combo morbier-chablis, un accord redoutable qui avait sur moi l'effet d'une seringue tranquillisante. Par ailleurs, malgré la hausse de mon pouvoir d'achat, je demeurais un fidèle consommateur de maquereaux et de sardines en boîtes, depuis peu je m'étais même autorisé à franchir le cap des conserves La Belle-Îloise. Leurs prix atteignaient quasiment ceux du poisson frais, mais la saveur et la diversité hors normes de leur gamme (du thon pruneaux-épices au maquereau curry-amandes) écrasaient sans merci la concurrence de Petit Navire, de Saupiquet et même de Connétable, qui revendiquait pourtant le titre convoité de « plus ancienne conserverie de sardines au monde ».

En dévorant mon toast, je songeais à ce que venait de me raconter Nadia. En tant qu'immigrés non qualifiés, comment ses parents auraient-ils pu la conseiller efficacement dans ses choix d'études ? Ils ne maîtrisaient évidemment pas les ficelles de l'orientation post-bac, cet obscur jeu de piste dont seules les familles aisées semblent connaître les règles. Avec une naïveté touchante, les deux Franco-Algériens avaient remis l'avenir de leur fille entre les mains de l'« école de la République », c'est-à-dire entre les mains de personne. Il y avait bien des conseillers d'orientation, mais qui faisait confiance à ces vieilles momies déconnectées des réalités du marché ? Je me rappelai fugitivement l'imitation qu'en faisait Jamel Debbouze dans son sketch *Le Conseiller de désorientation* : « Qu'est-ce que tu veux faire plus tard ? Astronaute ? Ah ! Astronaute qu'il me dit ! Tu me diras, ils ont bien envoyé des singes dans l'espace alors pourquoi pas… » Nadia avait probablement connu les mêmes railleries et, à peine majeure, s'était retrouvée livrée à elle-même dans le broussailleux maquis du supérieur où seuls les individus préparés depuis l'enfance parvenaient à trouver leur chemin. Je me resservis une tranche de morbier que j'avalai avec un morceau de baguette tradition ; il était un peu plus de vingt-trois heures.

3.

L'assemblée générale des actionnaires d'Accor s'était tenue durant l'été au Novotel de Beaugrenelle, dans une fastueuse ambiance de grand-messe du capitalisme. Près de cinq cents personnes avaient été invitées dans cet immeuble de trente et un étages surplombant la Seine, très prisé des voyageurs étrangers pour sa vue directe sur la tour Eiffel. « On a sorti le grand jeu, me racontait Nadia pendant que nous descendions les escaliers de Montmartre, c'était une sorte de show à l'américaine destiné à impressionner les actionnaires et à annoncer les résultats annuels en fanfare. Le P-DG a fait une présentation inaugurale brillante – avec quelques traits d'humour habilement placés –, puis son directeur général adjoint a pris la parole pour révéler les performances du groupe : 3,6 milliards d'euros de chiffre d'affaires, cent mille nouvelles chambres ouvertes, 529 millions d'euros de cash-flow, et une explosion des ventes dans la région Asie-Pacifique ; bref, tous les symptômes d'une année record. J'étais assise au premier rang avec les autres membres du

Comex, nerveuse à l'idée de faire ma présentation devant cet auditoire gigantesque. Quand ça a été mon tour d'entrer en scène, j'étais persuadée que j'allais me ridiculiser, le trac me faisait trembler des pieds à la tête... Et puis je me suis souvenue qu'il n'y avait aucune raison de paniquer puisque mon bilan était excellent : 7 millions d'arbres plantés, – 8,3 % d'émissions de CO_2, 82 % des hôtels impliqués dans des projets locaux durables, et une protection accrue des travailleurs dans les pays à faible niveau de développement. J'ai fait une présentation impeccable, sans bafouiller une seule fois ni dire un mot de travers. Les actionnaires m'ont poliment applaudie à la fin mais j'ai bien senti que la RSE n'était pas leur préoccupation principale ; ce qui les intéresse avant tout, c'est le montant du dividende versé en fin d'année. »

Nous arrivions à la hauteur de la rue des Abbesses où de jeunes touristes américaines se photographiaient avec des moues de mannequins blasés. L'été n'avait pas dit son dernier mot, l'air était encore doux et les feuilles des marronniers conservaient une belle couleur verte. « Tu veux une gaufre ? proposai-je à Nadia en apercevant la boutique Amorino sur le trottoir opposé.

– D'accord, mais au Nutella », dit-elle en se frottant les mains. Le vendeur nous servit deux liégeoises brûlantes dans de fines barquettes en carton. Elle plongea la cuillère dans les alvéoles remplies de pâte à tartiner, avala une bouchée dégoulinante, et poursuivit son récit :

« Je ne t'ai pas encore raconté le plus gros. À la fin de l'assemblée générale, alors que j'attendais un taxi devant le Novotel, un homme essoufflé m'a apostrophée dans le dos : “Madame Azzaoui, attendez !” Je craignais que ce soit un journaliste, je me préparais mentalement à lui dire que je n'avais pas le temps de répondre à ses questions, et puis j'ai compris mon erreur quand je me suis retournée : c'était Nicolas Sarkozy.

– Sarko ? m'exclamai-je avec stupéfaction. Qu'est-ce qu'il faisait là ?

– Il est administrateur indépendant d'Accor depuis deux ans. Son implication dans la gouvernance de l'entreprise est remarquable, il ne rate jamais une réunion et connaît les dossiers presque aussi bien que les directeurs historiques. C'est la première fois que je le voyais *en vrai*, et il est encore plus petit que je l'imaginais, je le dépassais d'au moins dix centimètres malgré ses talonnettes.

– Mais qu'est-ce qu'il t'a dit ?

– D'abord il m'a remerciée pour les efforts sociaux et environnementaux que j'avais impulsés au sein du groupe, et ensuite il est entré dans une espèce d'autoconfession très curieuse. Il m'a dit qu'il avait récemment pris conscience que la préservation de l'environnement était un enjeu majeur, littéralement vital, qu'il avait trop longtemps occulté. “Lorsque j'étais président de la République, m'a-t-il expliqué en remuant les épaules, je ne m'étais pas rendu compte de l'importance capitale qu'allait prendre le développement durable ; à vrai dire, personne ne s'en était rendu compte. On pensait que ce n'était qu'une thématique sociétale à la mode, on a eu tort. Dans notre monde désenchanté, à quoi les gens peuvent-ils croire ? Le catholicisme est mort, le communisme effondré, le nationalisme obsolète, et le libéralisme miné par ses crises. Toutes les grandes utopies ont disparu, il n'y a plus aucune idéologie à laquelle se raccrocher, même l'Europe ne fait plus rêver les peuples. Alors finalement, qu'est-ce qu'il reste ? L'écologie. Je n'ai pas été capable de voir cette évidence : dans une époque aussi peu lourde d'histoire que la nôtre, l'écologie est devenue la seule idée capable de rassembler les individus à une échelle massive. C'est une cause noble, juste, fédératrice, qui fait appel à une dimension quasi mystique de déification de la Nature et dont l'enjeu est de sauver l'humanité, rien de moins. Je crois qu'elle peut s'avérer d'une puissance électorale redoutable, en tout cas suffisante pour faire un roi… ou une reine." Là, il a eu un sourire mystérieux qui m'a mise très mal à l'aise. Je lui ai demandé où il voulait en venir, mais il est resté évasif : "Je ne sais pas… Vous dégagez quelque chose. Quand on vous écoute, on a envie de vous faire confiance. Contrairement à tous les vieux briscards de la politique, vous ne donnez pas l'impression de jouer un rôle, et ça, croyez-moi, c'est un atout inestimable. Dans un pays où la défiance envers les élites est totale, je pense que vous avez une belle carte à jouer…" »

Elle sortit un mouchoir de son sac à main et essuya une tache de Nutella à la commissure de ses lèvres. Une étape avait été franchie, désormais elle pouvait se targuer de connaître personnellement un chef de l'État ; l'ascenseur social s'était transformé en fusée Ariane. « Il ne reste plus qu'à te présenter à l'élection présidentielle, plaisantai-je en croquant dans ma gaufre.

– Bonne idée, mon chéri, ça ferait de toi la Première dame, tu pourrais t'occuper de la déco de l'Élysée. »

Nous passâmes devant l'église Saint-Jean-de-Montmartre, où des paroissiens sortaient de la messe avec un sourire béat, comme régénérés par l'Esprit-Saint. Nadia changea de trottoir pour les laisser sortir, puis termina son histoire avec volubilité : « Finalement, Sarkozy a insisté pour me donner son numéro de téléphone. Pendant qu'il le griffonnait sur un bout de papier, un type en costume-cravate s'est approché de nous avec un sourire carnassier. Il s'est présenté comme le directeur financier de Total, et surtout comme un ingénieur du corps des Mines, il l'a répété trois fois, le corps des Mines, il voulait être sûr qu'on sache qu'il appartenait au corps des Mines et pas à un autre corps de l'État.

– C'est quoi ?

– Une catégorie de fonctionnaires traditionnellement recrutés parmi les premiers du classement de sortie de Polytechnique. L'historien André Thépot écrivait : "Choisir les Mines, c'est le moyen d'afficher son rang de sortie jusqu'à la fin de sa vie." Manifestement, l'homme tenait encore à nous rappeler son bulletin de notes… Sarkozy lui a jeté un regard consterné, il n'en avait visiblement rien à faire. Je crois que l'obsession française du diplôme le dépasse complètement, d'ailleurs c'est le seul président de la Ve République à ne pas être sorti d'une grande école. Après m'avoir remis son numéro, il s'est engouffré dans sa voiture avec ses gardes du corps et m'a laissée seule avec le type de Total. C'est là que l'inquisition a commencé. L'homme m'a posé plein des questions sur HEC, il m'a dit qu'il connaissait bien l'établissement car il y avait fait un master complémentaire la même année que moi. “C'est drôle, je ne vous ai jamais vue sur le campus…”, m'a-t-il dit avec un air suspicieux. Il a essayé de ressusciter le souvenir des profs, M. Daniel, Mme Chevalier, et évidemment je ne connaissais aucun des noms qu'il citait. “Vous ne vous souvenez pas des cours mythiques de M. Leroy ? Ils étaient pourtant inoubliables…” Il m'a passée sur le gril pendant une demi-heure, je n'arrivais pas à me débarrasser de lui, c'était digne d'un interrogatoire du KGB. À la fin, quand il a constaté que j'étais incapable de donner le moindre détail sur ma scolarité, il a conclu avec un air mauvais : “Bizarre, vous êtes un peu jeune pour un Alzheimer…” À ce moment précis, j'ai lu dans ses yeux qu'il avait compris.

– Impossible.

– Je t'assure, ce n'était pas une parole en l'air. »

Je réfléchis à toute vitesse aux conséquences possibles. Que faire si ce sinistre cadre découvrait notre supercherie et menaçait Nadia de tout révéler ? La solution courageuse aurait été d'aller le chercher à la sortie de son travail et de régler ce différend d'homme à homme, mais je n'étais pas un individu courageux. La lâcheté me paraissait plus accessible, je pourrais embaucher un homme sur le darknet pour lui briser les genoux, ou mieux, pour lui coller une balle dans la tête. Je visualisais parfaitement la scène.

La cible sort tranquillement du théâtre de l'Odéon, sa femme à son bras. Derrière lui, un motard en combinaison noire et casque intégral l'interpelle brièvement par son prénom. Le malheureux se retourne, voit le motard braquer une arme sur lui et comprend instantanément que son heure est venue. Trois coups de feu retentissent, la victime s'effondre, le tireur repart en trombe sur sa Kawasaki volée et disparaît à jamais. Je n'aurais pas de réels soucis à me faire, l'enquête patinerait rapidement et l'émotion dans la population française serait limitée, on parlait ici du directeur financier d'une compagnie pétrolière, pas du petit Grégory. D'ailleurs, la mort suspecte du P-DG de Total dans un accident d'avion en 2014 avait à peine été remarquée par l'opinion.

« Heureusement, il n'a aucune preuve, tempérai-je en traversant un passage piéton. Même s'il voulait te détruire, il ne pourrait pas fonder ses accusations sur du vent, il lui faudrait des éléments tangibles. Ce n'est pas la peine de te faire un sang d'encre, je pense que tu ne risques pas grand-chose pour l'instant. » Nadia s'arrêta soudainement au milieu du trottoir, plissa les yeux, et pointa son index vers un immeuble vétuste qui nous faisait face. « Regarde, c'est ton ancien appartement », dit-elle d'un air amusé. Je levai la tête et m'aperçus qu'effectivement, nous avions marché jusqu'à la place Pigalle, à l'endroit exact où j'avais vécu pendant dix ans. La vieille fenêtre à la peinture écaillée et aux joints gondolés n'avait toujours pas été changée. En l'observant, je me remémorai ces nuits abominables où les rugissements des scooters, combinés aux éclats de voix des fêtards et aux ronflements de Cécile, me maintenaient éveillé jusqu'à l'aube et m'obligeaient à passer la journée du lendemain dans un état de somnolence confinant au malaise. Ce simple souvenir raviva des douleurs enfouies, presque traumatiques, mais je les calmai rapidement en songeant que ma chambre actuelle donnait sur cour, et surtout qu'elle était dotée d'un triple vitrage en PVC insonorisant.

« Et voici le nouveau locataire », murmura Nadia en désignant l'homme qui venait d'ouvrir la fenêtre. Je ne l'avais jamais rencontré mais ce ne pouvait être que lui : un type bedonnant d'une quarantaine d'années, au crâne dégarni et à la barbe mal rasée, qui observait la rue avec morosité en fumant une cigarette. Mon triste successeur. L'heure du déjeuner approchait, sa casserole d'eau était probablement en train de bouillir sur les antiques plaques de cuisson de la kitchenette, et il allait se préparer des pâtes au gruyère râpé, j'en avais la certitude, des pâtes blanches et collantes qu'il consommerait sur son clic-clac en ruminant le lamentable échec que constituait sa vie. J'éprouvai une sorte de pincement au cœur, mélange de nostalgie et de dégoût rétrospectif. « On rentre à la maison ? » demanda Nadia en me prenant par la taille. Je fis oui de la tête et consultai discrètement mon smartphone : Anaé venait de m'envoyer un SMS pour me proposer un rendez-vous.

4.

Dans une lettre du 27 juillet 1877, Flaubert raconte à Tourgueniev les dernières aventures de leur fidèle comparse Maupassant : « Aucune nouvelle des amis, sauf le jeune Guy. Il m'a écrit récemment qu'en trois jours, il avait tiré dix-neuf coups ! C'est beau ! Mais j'ai peur qu'il ne finisse par s'en aller en sperme… » Il ne croyait pas si bien dire : Maupassant, incorrigible noceur, mourra de la syphilis quelques années plus tard. Anaé, quant à elle, ne m'avait jamais proposé de mettre un préservatif. Prenait-elle davantage de précautions avec ses autres partenaires ? Probablement pas, et peu m'importait, j'étais prêt à me sacrifier sur l'autel de la jouissance comme l'auteur de *Bel-Ami*.

Un matin d'août, alors que Nadia venait de partir au bureau, je la reçus chez moi pour une nouvelle passe. Il s'agissait de notre cinquantième rendez-vous, me fit-elle remarquer, ce qui faisait de moi son plus fidèle client. Elle enserra ma tête avec ses cuisses pendant que je léchais avec douceur son clitoris, puis se positionna en levrette au bord du lit. Son corps était parcouru de légers soubresauts, j'avais pour la première fois la certitude qu'elle ne simulait pas pour me flatter. Nous jouîmes simultanément au bout de quelques minutes, sans faire de bruit. Après un moment d'assommement complet, elle se redressa sur son coude et me contempla avec un sourire de triomphe, en femme satisfaite qui a accompli sa mission. Je restais étendu en travers du lit, les yeux mi-clos. « Réveille-toi, dit-elle en me secouant, c'est pas l'heure de la sieste ! » Elle partit se chercher un grand verre de jus d'orange dans la cuisine puis lança une vieille chanson du Velvet Underground sur la chaîne hi-fi. La voix lancinante de Lou Reed emplit les cent vingt mètres carrés du sol au plafond.

« Ils sont où, les chaussons de ta femme ? cria-t-elle d'une pièce à l'autre. J'ai froid aux pieds !

– Dans le dressing », répondis-je d'une voix faiblarde.

Au fil des rendez-vous, la princesse avait pris ses habitudes dans mon appartement. Elle s'y baladait à son aise, se servait dans les placards, et enfilait mes sweat-shirts sans même me demander la permission. À plusieurs reprises, Nadia avait détecté son parfum sur mes vêtements mais j'avais su dissiper ses craintes en lui jurant que je n'étais pas ce genre d'homme. Il n'y avait pas de quoi être fier. Au début, la peur qu'elle ne découvre le pot aux roses me harcelait ; la nuit, j'étais torturé par des cauchemars dans lesquels elle trouvait une culotte sous le lit, un SMS sur mon téléphone, ou un suçon dans mon cou ; je me réveillais alors trempé de sueur, le souffle court, dans un état d'épouvante totale. Et ces angoisses ne se limitaient pas à la nuit : un dimanche après-midi, alors que nous regardions *Match Point*, j'avais carrément été saisi de nausées devant les scènes d'adultère qui se succédaient. Dans la seconde moitié du film notamment, les soupçons de la fiancée trompée se font de plus en plus insistants, jusqu'à atteindre un point d'orgue insoutenable où la maîtresse – incarnée par Scarlett Johansson – s'apprête à tout lui révéler. « Si tu me faisais ça, jamais je ne pourrais le supporter… », avait murmuré Nadia en se blottissant contre moi. Dévoré par la culpabilité, j'avais fini par vomir mon déjeuner dans les toilettes en maudissant Woody Allen.

Puis les passes s'étaient succédé et j'avais essayé de dédramatiser. Il fallait relativiser l'importance accordée à la fidélité. Les monothéismes abrahamiques l'avaient érigée en valeur morale sacrée, oui, et alors ? À l'heure du polyamour et des sites de rencontres extraconjugales, qui se souciait encore de cette éthique presque réactionnaire ? Ce n'était pas la peine de me rendre malade, d'autant plus que je ne courais objectivement aucun risque : Nadia n'imaginait pas une seule seconde que je puisse la tromper, moi son rédempteur, celui qui l'avait tirée de la médiocrité professionnelle et affective. Elle me vouait une confiance aveugle.

Anaé vint s'allonger à mes côtés. Un rituel tacite s'était instauré lors de ses venues : nous couchions ensemble la première demi-heure, puis discutions pendant la seconde. J'aimais bien débattre avec cette jeune insoumise qui avait un avis sur tout et érigeait l'opposition à la norme en art de vivre. Quel que soit le sujet abordé, elle entrait immanquablement dans une rage furieuse contre ce qu'elle nommait « le système », complice de toutes les injustices. Son espoir de changer le monde offrait un spectacle aussi touchant qu'inquiétant, elle me faisait un peu penser à Robespierre, à Trotski, ou à Castro, enfin à l'un de ces jeunes humanistes au cœur d'or qui finirent par organiser des exécutions de masse une fois arrivés au pouvoir.

« Tu as écouté la radio ce matin ? demanda-t-elle en allumant une cigarette. Ça va bientôt être le procès du gilet jaune qui a défoncé la porte d'un secrétariat d'État avec un engin de chantier.

– Ah oui ? Je ne m'intéresse pas beaucoup à ce genre de faits divers…

– Tu as tort, ce qui est en train de se passer est capital ! Un manifestant était interviewé sur France Info et il avait une théorie intéressante : selon lui, si tu touches plus de 3 000 euros par mois, tu es un voleur.

– Un voleur ?

– Oui, quelqu'un qui reçoit plus que ce qui lui est dû. Et il a raison ! Avec 3 000 euros, on vit déjà très confortablement ; au-delà, c'est de la cupidité pure et simple. »

Je n'étais pas d'accord avec cette affirmation qui négligeait totalement le pouvoir libérateur de l'argent. Le salaire de Nadia avait simplifié mon existence à un point que je n'aurais jamais soupçonné ; grâce à lui tous les ennuis du quotidien s'étaient miraculeusement volatilisés. Faire mon repassage ? Je me rendais au pressing. Préparer à manger deux fois par jour ? J'allais chez le traiteur. Transpirer dans le RER aux heures de pointe ? Je payais un taxi. Mon objectif n'était pas de collectionner les Bentley ou de sniffer de la cocaïne sur un yacht, non, c'était plutôt de mener une vie simple mais délivrée des microsouffrances du quotidien. En un sens, l'argent avait pacifié mon rapport au monde bien plus que tous les cachets de Xanax avalés par le passé.

« Mais être riche, c'est pourtant génial ! m'exclamai-je. Ton gilet jaune, là, je doute qu'il oppose des considérations morales si on triplait son salaire du jour au lendemain. Tu n'aurais pas envie de gagner plus de 3 000 euros, toi ?

– Je me fous de l'argent, je me bats pour les autres, moi. La République est indigne du mot "égalité" qu'elle affiche au fronton de ses bâtiments. »

Je secouai la tête en signe de désaccord. « La devise nationale renvoie à une égalité en droit, dis-je, pas à une égalité matérielle… Relis les philosophes des Lumières, ce n'est pas comme ça que tu vas rentrer à Sciences Po. »

Notre heure était bientôt écoulée mais à ma grande surprise, elle souhaitait rester encore un peu. Je lui répondis que je n'avais prévu que 300 euros. « Ce n'est pas grave, répondit-elle, je n'ai pas besoin de ton argent. J'aime bien discuter avec toi, même si on n'est pas toujours d'accord. Ça te dit d'aller faire un tour ? » Sa proposition me prit au dépourvu. Faire un tour ? Étions-nous devenus amis ? Elle avait quatorze ans de moins que moi et je la payais pour qu'elle m'offre son corps, ça ne rimait à rien. Néanmoins, ma matinée était libre et je me dis qu'une promenade ne pourrait pas me faire de mal.

Dehors, l'air était anormalement frais pour la saison, Météo France avait annoncé de nombreuses averses mais rien ne filtrait de l'épaisse couche nuageuse qui surplombait la ville. Les bottines d'Anaé claquaient bruyamment sur le trottoir de l'avenue Victor-Hugo. Elle voulut se rendre à l'église de la Madeleine, où ses parents avaient coutume de l'emmener lorsqu'elle était enfant. « On n'y allait pas tous les dimanches non plus, nuança-t-elle, mais au moins deux fois par mois. Ce sont de fervents catholiques, surtout mon père, il croit dur comme fer à la création du monde en sept jours, au Jugement dernier et à la vie éternelle. Si incroyable que cela puisse paraître, ce demeuré fait toujours une lecture littérale de la Bible. Quand je suis entrée en sixième, il m'a indirectement mise en garde contre le péché de masturbation : "Fais attention avec les garçons, le Christ voit tout, il est l'auditeur silencieux de tes pensées et le spectateur invisible de tes actes." Ça m'avait terrorisée, pendant des années je me suis sentie terrassée par la honte et la culpabilité chaque fois que j'avais un désir sexuel… »

Nous bifurquâmes vers l'avenue des Champs-Élysées, traversâmes la rue du Faubourg-Saint-Honoré, et dix minutes plus tard, la Madeleine se dressait devant nous.

« J'aimais bien les messes quand j'étais enfant, dit-elle en contemplant l'édifice. Surtout le rituel de l'eucharistie, quand le prêtre nous remet le corps du Christ incarné dans l'hostie. À ce moment-là, j'avais vraiment envie d'y croire. Et puis en grandissant tout s'est effondré… »

Nous pénétrâmes à l'intérieur du monument. Un silence

ouaté nous enveloppa, seulement troublé par le bruit de nos pas sur le carrelage. Près de l'autel, quelques fidèles se recueillaient les mains jointes, un genou à terre, certainement dans l'espoir d'établir une communication avec l'au-delà. Quand nous arrivâmes au fond de l'église, sous la demi-coupole, Anaé contempla en silence l'immense fresque de Jules-Claude Ziegler. Puis elle m'observa avec un sourire étrange. Son parfum vanillé se mêlait à l'odeur d'encens qui flottait dans l'église. Un rayon de soleil entrait par les vitraux colorés, baignant la scène d'une lumière surnaturelle. « Merci pour aujourd'hui… et pour tous les moments que tu m'offres », me glissa-t-elle en rougissant.

5.

Le lundi 2 septembre 2019, Nadia débarqua en trombe à l'appartement alors que je dégustais tranquillement un petit salé aux lentilles dans notre immense cuisine américaine. « Guillaume, mets le journal de treize heures ! s'écria-t-elle avec affolement.

– Qu'est-ce que tu fais là ? demandai-je la bouche pleine. Tu rentres déjeuner à la maison maintenant ?

– Mets la Une je te dis, c'est hyper urgent ! »

J'allumai la télévision en maugréant. Dès notre emménagement, je lui avais pourtant bien expliqué qu'il était hors de question de regarder le JT pendant les repas. Les reportages anxiogènes m'avaient terrorisé toute mon enfance, je revois Claire Chazal détailler une à une les dernières atrocités mondiales pendant que j'ingurgitais des carottes râpées avec mes parents. Guerre du Golfe, attentats-suicides, réchauffement climatique, pollution, cancers… Ce flot ininterrompu de catastrophes avait forgé chez moi une épouvantable phobie du monde extérieur.

Nadia courut chercher une bouteille de champagne à la

cuisine et revint avec deux flûtes. « Monte le son ! » ordonna-t-elle en disposant une nappe sur la table basse. Elle retourna rapidement chercher son téléphone portable dans l'entrée, puis se dirigea de nouveau vers le frigo pour prendre du saumon fumé et des blinis ; elle ne tenait pas en place.

« Qu'est-ce qu'il se passe ? demandai-je. On célèbre quelque chose ?

– Du calme, ça va commencer. »

À l'écran, les dernières publicités touchaient à leur fin et laissaient place au jingle historique du journal de TF1. Après le sacro-saint « Mesdames et messieurs, bonjour », Jean-Pierre Pernaut annonça les prévisions météo d'Évelyne Dhéliat puis les titres du jour avec une bonhomie joviale : c'était la fin de l'été, le coup d'envoi des vendanges était donné, les stations balnéaires se vidaient progressivement de leurs derniers vacanciers, l'autoroute A4 avait connu des embouteillages record, les familles préparaient la rentrée scolaire, et en fin d'émission, Dany Boon viendrait présenter son prochain film. Surtout – et c'était la surprise de cette édition –, le gouvernement souhaitait aborder la rentrée sur de nouvelles bases et un remaniement ministériel inattendu allait être annoncé en direct.

La retransmission de l'allocution débuta aussitôt. Sur le perron du palais présidentiel, le secrétaire général de l'Élysée prit place derrière un micro, rajusta sa cravate, et déclara avec solennité : « Mesdames, messieurs. Sur proposition du Premier ministre, le président de la République a nommé… » Et il égrena la liste des nouveaux ministres. Affaires étrangères, Justice, Intérieur, Armées, la valse habituelle des sortants et des nouveaux venus était annoncée sur un ton remarquablement monocorde. Je perdis patience au bout de quelques minutes.

« On peut changer de chaîne ?

– Attends, ça va venir… »

Je soupirai, blasé par ce prétendu suspense. Et d'une seconde à l'autre, le technocrate prononça une phrase qui semblait sortie d'une réalité alternative : « Mme Nadia Azzaoui est nommée secrétaire d'État auprès du ministre de la Transition écologique et solidaire. » Je me tournai vers elle, médusé. Comment traduire ce vulgaire « *what the fuck* » qui me venait à l'esprit ? Sans voix, l'esprit paralysé, je me contentai d'écarquiller les yeux et d'ouvrir la bouche comme si je venais d'assister à l'explosion d'une bombe nucléaire. Mon cerveau envisageait mille hypothèses à la seconde, mais aucune ne pouvait donner une explication rationnelle à ce qui venait de se produire. C'était impossible, elle devait se moquer de moi, quelque chose avait dû m'échapper.

Elle se servit tranquillement une flûte de champagne, but d'un trait, puis expira bruyamment pour manifester son contentement.

« Ne fais pas cette tête ! dit-elle en souriant.

– C'est une blague ? Ministre ?

– Pas ministre, secrétaire d'État. C'est un niveau en dessous.

– Et c'est censé atténuer mon ahurissement ?

– Laisse-moi t'expliquer… »

Elle avala une tranche de saumon fumé, retira ses escarpins et posa ses pieds nus sur la table basse. « La semaine dernière, dit-elle calmement, le P-DG d'Accor m'a appris qu'un remaniement ministériel allait avoir lieu. Il m'a dit que le président n'était plus satisfait du secrétaire d'État actuel parce que celui-ci était sur une ligne dogmatique assez dure, adepte de l'écologie coercitive, qui n'est pas en phase avec les attentes de la majorité. Il a dérapé à plusieurs reprises lors de matinales de radio, ses conseillers en ont eu assez de rattraper ses boulettes, donc il est devenu clair qu'il fallait le remplacer. Pour créer la rupture, il cherchait une femme, idéalement jeune et issue de la diversité visible.

– Diversité *visible* ? C'est ce qu'il a dit ?

– Oui, il voulait s'accorder un petit frisson en nommant une Noire ou une Arabe, mais ça ne me dérange pas, je suis depuis longtemps habituée à être cataloguée comme la métèque de service. Comme le P-DG est un proche du président, il s'est permis de lui proposer mon nom en insistant sur mon parcours sans faute : prépa parisienne, grande école, cabinets de conseil prestigieux, entreprise du CAC 40. Je crois qu'il lui a également fait comprendre que j'étais souriante et plutôt mignonne, ce qui a l'avantage d'inspirer la sympathie auprès de la population. Et enfin, je suis fille d'immigrés, ça c'est génial, ça fait progressiste, c'est exactement ce qu'ils recherchaient. Le président a pris quelques jours pour réfléchir, apparemment il était un peu chagriné que je ne sois pas passée par Sciences Po ou l'ENA, mais il a finalement pris sa décision mardi dernier après le passage d'un mystérieux "visiteur du soir". On ne m'a pas révélé son identité mais je suis convaincue que c'est Sarko, je ne vois pas quelle autre personne de mon réseau pourrait approcher le chef de l'État d'aussi près. Il faut croire que je l'ai vraiment impressionné lors de l'assemblée générale des actionnaires… En fin de compte, la bonne nouvelle m'a été annoncée avant-hier par la direction d'Accor, et on m'a clairement fait comprendre qu'il s'agissait d'une situation win-win : pour moi, c'est l'occasion inespérée de monter à l'un des plus beaux postes du développement durable, et pour Accor, c'est un moyen de gagner une oreille dans le gouvernement.

– Pourquoi tu ne m'en as pas parlé ?

– Je voulais te faire la surprise ! Et puis il n'y avait pas grand-chose à discuter, ça aurait été ridicule de refuser une offre pareille… »

Nadia au gouvernement. Je n'arrivais pas à y croire. J'avais toujours manifesté une aimable indifférence à l'égard du politique (j'aimais bien dire *le* politique pour en parler en tant que concept de sciences sociales, ça me faisait passer pour un intello à peu de frais) mais cette nouvelle nomination allait me contraindre à m'y intéresser de plus près. Qui était le ministre pour lequel elle allait travailler ? Je n'en avais aucune idée, les affaires françaises me passaient complètement au-dessus de la tête.

« Tu vas travailler où, du coup ? demandai-je en me servant un verre.

– À l'hôtel de Roquelaure, boulevard Saint-Germain.

Tu te rends compte ! Rien à voir avec les immeubles gris d'Issy-les-Moulineaux. »

Ma compagne allait donc être au service de l'État et s'apprêtait à suer sang et eau pour l'intérêt général, un sacrifice qui se payait à tous les niveaux. « Mon salaire a été légèrement réduit, expliqua-t-elle, mais on va conserver un excellent niveau de vie, tu ne verras même pas la différence. Par ailleurs, je risque de devenir une personnalité publique... Et toi aussi, dans une certaine mesure. On pourra être photographiés ou interviewés lors de nos sorties privées, il faudra être prudents, mon futur conseiller en communication saura nous briefer là-dessus. »

Je pensai d'emblée à ma relation avec Anaé et aux conséquences dramatiques que sa mise au jour pourrait engendrer. J'imaginais déjà la une de *Gala* : « Le conjoint de Nadia Azzaoui s'envoie en l'air aux frais du contribuable ! » Il allait falloir redoubler de vigilance, voire établir une couverture. Je pourrais dire qu'il s'agissait d'une ancienne élève de mon lycée, c'était un scénario crédible, une ancienne élève que je coachais en vue de son entrée à Sciences Po. En un sens, ce n'était pas complètement faux.

« Je ne savais pas que tu envisageais de faire de la politique, repris-je. On n'en a jamais parlé, je me rends compte que je ne sais même pas pour qui tu votes.

– Plutôt à gauche, tu peux t'en douter.

– Par tradition familiale...

– Pas du tout, mes parents ont voté à droite toute leur vie. Ils n'ont jamais accepté que l'Algérie indépendante s'aligne sur le modèle soviétique. À les entendre, c'était la source de tous les maux : la corruption, le chômage, les violences policières, le manque de libertés publiques… “En France, on n’a pas ces problèmes”, martèlent-ils encore naïvement. Pour eux, le parti socialiste n’est qu’un prolongement du communisme, ils mettent toute la gauche dans le même sac. Le pire, c’est qu’ils sont fondamentalement progressistes ! J’en ai parlé avec eux la dernière fois que je les ai vus, j’ai essayé de leur faire comprendre que les conservateurs n’étaient pas les moteurs du progrès, mais mon père est sorti de ses gonds : “Foutaises ! Toutes les grandes avancées sociales ont été votées sous des gouvernements de droite ! Sous de Gaulle : la création de la sécurité sociale, l’institution du Smig, l’autorisation de la pilule ! Sous Pompidou : la généralisation du congé maternité ! Sous Giscard : la légalisation de l’avortement, la majorité à dix-huit ans ! Sous Chirac : la loi sur l’égalité salariale entre hommes et femmes ! À côté de ces progrès majeurs, ton Hollande fait pâle figure avec sa loi sur les pédés !” Ça m’a fatiguée, j’ai lâché l’affaire…

– Ils m’étonneront toujours, ces immigrés qui votent à droite.

– Oh, tu sais ce qu’on dit : le dernier arrivé ferme la porte derrière lui. Ils ne se sentent pas concernés par les éructations xénophobes de certains conservateurs, bien au contraire, mon père applaudit des deux mains les discours anti-immigration. Il a entendu à la télé que l’accueil des réfugiés subsahariens allait faire exploser la délinquance et les petits trafics, ça le terrifie, il a peur que son quartier se transforme en zone de non-droit. Son faible niveau d’instruction en fait un électeur idéal, les partis politiques peuvent lui faire croire ce qu'ils veulent. Quand je pense à toute cette classe dirigeante bien née qui exploite l'ignorance des ouvriers pour se faire élire... Je trouve ça vraiment répugnant, leur cynisme me fait froid dans le dos. Je ne pourrais jamais mentir aux gens comme ça, d'ailleurs c'est bien simple, je n'ai jamais menti de ma vie. »

Jamais menti ? Je coulai vers elle un regard plein de sous-entendus, elle comprit tout de suite où je voulais en venir. « Le diplôme, c'est différent..., dit-elle en baissant les yeux. Et je suis loin d'en être fière, crois-moi. »

Nadia ne supportait pas le mensonge, ce n'était pas une nouveauté. J'avais compris dès notre premier rendez-vous que sa personnalité reposait sur deux piliers moraux : la probité et la bienveillance. Elle avait connu une enfance heureuse, dans une ville paisible, entourée de parents raisonnables et aimants ; tout cela ne pouvait produire qu'une personnalité horriblement intègre. Son animal préféré était d'ailleurs le labrador, un chien plébiscité pour sa gentillesse et sa loyauté. Au contraire, Anaé s'identifiait davantage au loup, qu'elle m'avait décrit comme une bête « solitaire et intrépide ». Là encore, la réponse était révélatrice : elle ignorait que le loup était un animal grégaire vivant en meute, de la même façon qu'elle ignorait sa propre banalité.

« Tu es une femme résolument intègre, mais justement, je crains que tu le sois un peu trop pour exercer une fonction politique.

– Peut-être, mais j'ai envie d'essayer, j'ai envie de

prouver à tous ces élus corrompus qu'on peut faire bouger les lignes sans faire de concessions. L'écologie est le sujet central de ce début de siècle, pour moi c'est la meilleure façon d'avoir un impact positif sur la société. J'aimerais que mon passage sur terre soit bénéfique pour les générations futures. Et puis, par respect pour mes parents qui se sont tués au travail, j'ai le devoir de faire de mon mieux et de saisir toutes les opportunités qui me sont offertes. »

Sa dignité permanente commençait à me lasser. Ses parents avaient exercé sans se plaindre des boulots non qualifiés, d'accord, mais ce n'était pas une raison pour s'user dans des postes à responsabilités. Si j'avais falsifié un diplôme, c'était avant tout pour qu'elle touche un maximum d'argent en échange d'un minimum d'efforts ; à aucun moment il n'avait été question de changer le monde. Je comprenais petit à petit qu'elle prenait notre mascarade au sérieux. Le métier du développement durable – initialement choisi par hasard sur un quai de la Seine – était désormais devenu sa conviction première. La pauvre essayait de lutter contre le réchauffement comme Don Quichotte contre les moulins à vent, et elle ne prendrait certainement conscience de l'inanité de ses efforts qu'après avoir consacré toute son existence au travail ; alors, il serait trop tard pour vivre pleinement.

Elle retourna à Issy-les-Moulineaux au début de l'après-midi. Plus de cent SMS de félicitations lui étaient parvenus dans l'heure suivant l'annonce du remaniement. En poussant la porte de son bureau, elle eut la surprise de découvrir ses collaborateurs l'applaudir unanimement pendant de longues minutes. Le P-DG s'était même déplacé pour lui remettre un cadeau personnel, une édition originale en allemand du *Principe responsabilité* d'Hans Jonas paru en 1979. Un petit mot figurait sur la première page : « À Nadia, en remerciement de ton admirable implication au sein de la famille Accor. Puisse cet ouvrage être la modeste boussole de ton action au service de l'État. » Il s'agissait d'un jalon essentiel de l'histoire de la pensée écologiste, lui avait-il précisé avec fierté, une sorte de bible du développement durable écrite à une époque où polluer la planète était considéré comme un signe de bonne santé économique. Nadia l'avait remercié, elle connaissait bien cet essai avant-gardiste ; en fait, nous l'avions déjà dans notre bibliothèque en édition de poche.

Je reçus un coup de téléphone de Florent aux alentours de quinze heures. Il avait regardé les informations et souhaitait savoir s'il s'agissait de la même Nadia Azzaoui. Je le lui confirmai avec un brin de fierté. « Eh ben, tu as misé sur le bon cheval…, souffla-t-il. J'espère que tu as bien conscience de ta chance. De mon côté, c'est toujours la misère, aucune femme à l'horizon, je commence doucement à me faire à l'idée que je finirai vieux garçon… Et le pire, c'est qu'Anaé ne répond plus à mes messages. Elle m'a simplement informé qu'elle avait cessé ses activités avant de bloquer mon numéro. Je suppose qu'elle a trouvé l'amour, elle aussi… Tu continues de la voir, toi ? »

Je bredouillai une réponse embarrassée. Non seulement je continuais de la voir, mais en plus, c'était à sa demande : c'est elle qui m'envoyait des photos aguicheuses chaque semaine pour me rappeler qu'elle était disponible. « Ça fait un moment que je ne l'ai pas contactée… », dis-je d'un ton évasif. En vérité, la situation ne m'étonnait qu'à moitié, j'avais compris depuis longtemps que j'étais devenu bien plus qu'un simple client.

6.

Le week-end suivant, Henri me proposa de l'accompagner au vernissage d'une exposition afin, me dit-il, « de passer un peu de temps entre frères ». L'invitation était loin de m'enchanter mais je n'étais pas en position de refuser, le poste qu'il avait contribué à faire décrocher à Nadia deux ans auparavant me laissait redevable et je n'avais fait jusqu'ici aucun effort particulier pour le remercier. J'acceptai donc sans grand enthousiasme, en me promettant de me consoler avec le buffet et l'alcool gratuit.

La galerie était située dans une étroite rue pavée du Marais, dans l'une de ces bâtisses à poutres apparentes dont regorge le centre de Paris. Henri fumait nerveusement une cigarette devant l'entrée. « Ah, te voilà…, dit-il en écrasant son mégot.

– Désolé, le taxi était pris dans les embouteillages. Tu m'attends depuis longtemps ?

– Non, mais je ne voulais pas y aller seul… Je ne suis pas au top de ma forme en ce moment… On en parlera à l'intérieur. Viens, je vais te présenter la photographe, c'est une bonne amie. »

Dans la pièce, plusieurs dizaines de personnes aux styles éclectiques discutaient par petits groupes. Un buffet froid composé de bao burgers, de verrines à l'avocat et de sushis à la daurade avait été disposé à l'intention des invités. Une quantité colossale de champagne attendait également d'être servie ; après un rapide décompte, je fus soulagé de constater que près d'une bouteille par personne était prévue. Au fond de la pièce, un DJ avec une chemise à col mao passait de la musique indienne traditionnelle, genre Ravi Shankar, créant une atmosphère résolument cosmopolite.

Henri repéra tout de suite son amie au milieu de l'assistance. C'était une grande brune maniérée, aux jambes maigres comme des pattes de flamant rose, qui pérorait avec prétention devant ses invités. Un grain de beauté situé juste en dessous de son nez lui donnait un air de Maïwenn. Elle vint à notre rencontre en ouvrant grand sa bouche pleine de rouge à lèvres.

« Hello, vous deux !

– Salut, Amandine, dit Henri en lui faisant la bise. Je te présente mon frère Guillaume.

– Ravie de faire ta connaissance ! me dit-elle. C'est très gentil d'être venu, Henri m'a beaucoup parlé de toi.

– Le plaisir est partagé, dis-je en lorgnant le buffet.

– Il y a du monde ce soir, c'est une excellente nouvelle. Tiens, voici la brochure de l'exposition, ça peut t'apporter un éclairage contextuel pour mieux comprendre mon œuvre. Tous les tirages sont à vendre pour 250 euros, enfin c'est négociable, on s'arrange entre amis, on n'est pas chez YellowKorner ici ! » Elle rit très fort et posa une main sur mon épaule ; je crois qu'elle était déjà un peu soûle. « Je vous laisse faire un tour entre frères, j'espère que mon travail vous plaira. »

La Parisienne s'éclipsa et nous partîmes à la découverte de l'exposition. Celle-ci consistait en une trentaine de photographies prises lors d'un voyage en Inde qu'elle se plaisait à décrire comme une aventure « vertigineusement humaine ». Il s'agissait pour l'essentiel de portraits d'autochtones manifestement pauvres. Sikh enturbanné, paysanne au visage creusé de rides, enfant des rues vêtu de haillons : tous plongeaient dans l'objectif un regard grave qui était censé en dire long sur leur condition de dominé.

Les invités déambulaient d'une photographie à l'autre à pas très lents, se rapprochant parfois pour examiner un détail de plus près, ou s'éloignant pour aborder l'œuvre sous un angle plus global. Certains hochaient la tête avec approbation, d'autres plissaient les yeux à la recherche d'un sens caché que l'artiste aurait placé dans son œuvre. Je consultai la brochure pour en savoir plus :

« À travers la série *We, The Humans*, Amandine Bertani interroge la représentation de l'Inde contemporaine dans l'imaginaire collectif occidental. L'artiste parisienne trouve sa matière dans la générosité des regards, conviant le spectateur à une autoréflexion sur sa conception de l'Autre, d'un point de vue socio-anthropologique comme pictural. Un an après son exposition remarquée aux Rencontres d'Arles, la photographe réinvente l'héritage naturaliste de Steve McCurry en faisant dialoguer ces portraits individuels avec l'histoire subie et souvent méconnue de la société indienne. Ses clichés développent une narration intime, inattendue, qui questionne le lien entre dénuement matériel et richesse spirituelle. Adepte des longues focales, Amandine Bertani favorise les cadrages serrés afin d'établir une proximité volontairement intrusive, voire dérangeante, qui pousse le spectateur à réévaluer son ouverture sur l'altérité. Une œuvre nécessaire, à découvrir jusqu'au 15 décembre. »

« Ça te plaît ? me demanda Henri alors que j'observais le portrait d'un vieux tanneur de cuir dans son atelier.

– Je ne sais pas… Qu'est-ce que tu en penses ?

– Amandine est très gentille, mais j'ai toujours trouvé ses photos misérabilistes et culpabilisantes. Viens, on va manger un morceau au buffet. »

Nous allâmes nous ravitailler en bao burgers, cette variante du hamburger américain dans laquelle un pain vapeur asiatique se substitue au bun. Le résultat était catastrophique, mais la fierté mondaine de déguster de la *fusion food* n'avait pas de prix. Je dus en ingurgiter une demi-douzaine pour être à peu près rassasié. De son côté, Henri se resservait continuellement de champagne, j'avais le sentiment qu'il cherchait à oublier quelque chose, qu'il essayait de fuir une angoisse ou une inquiétude. Je l'interrogeai en fronçant les sourcils :

« Tout va bien ?

– Oui oui… Tu sais, je suis vraiment content pour la promotion de Nadia, elle fera une excellente femme politique, je n'ai aucun doute là-dessus. J'ai vu son interview sur France 2 avant-hier, elle a été excellente, on voit tout de suite que c'est une personnalité humble, digne et sincère, qui se place vraiment au service de l'intérêt général. Des profils comme le sien, on aimerait en voir plus souvent dans la haute fonction publique. Son parcours est exceptionnel, tu la féliciteras de ma part.

– C'est gentil, je lui transmettrai. »

Il trempa ses lèvres dans son verre et se rembrunit brusquement. « Je dois t'avouer qu'Eva ne le voit pas du même œil… Elle aussi aimerait se lancer en politique, ça fait déjà six ans qu'elle tente de percer au conseil municipal de Neuilly, mais l'ascension dans ces milieux prend du temps, on ne s'y fait pas une place du jour au lendemain. Quand elle a appris la nomination de Nadia, elle est entrée dans une crise de jalousie démente, je n'ose même pas te répéter ses mots. Je ne supporte plus sa mentalité d'arriviste.

– Elle est ambitieuse, c'est tout…, dis-je sur un ton conciliant.

– Oui, mais c'est une ambition mal placée, une ambition au service du pouvoir, de la domination, de l'écrasement des autres. Rien à voir avec la mienne : si j'ai choisi de gagner beaucoup d'argent, c'est uniquement pour jouir pleinement de la vie sur mon temps libre. Tu saisis la différence ? Moi, je demande juste ma part du gâteau, je ne cherche pas à voler celle des autres. Eva et moi avons un système de valeurs très différent, elle ne considère pas l'honnêteté comme une fin en soi, pour elle la vérité n'est bonne à dire que si elle sert ses intérêts. Elle vit depuis toujours dans un monde binaire divisé entre prédateurs et proies, c'est un vrai rapace, elle se croit dans *House of Cards*. »

Je souris aimablement. Il lui avait fallu quinze ans pour se rendre compte que sa femme était une personne toxique et mégalomane ; pourquoi pas, mieux valait tard que jamais.

Il se resservit un verre d'une main tremblante puis jeta des regards furtifs à gauche et à droite pour s'assurer qu'on ne l'entende pas. Je ne l'avais jamais vu dans un état de nervosité pareille. « À vrai dire, poursuivit-il à voix basse, je craignais depuis quelques années qu'elle dérape, qu'elle s'embarque dans des magouilles illégales pour parvenir à ses fins, et… justement… c'est arrivé la semaine dernière. Je ne devrais pas t'en parler mais j'ai besoin de partager ça avec quelqu'un.

– Qu'est-ce qu'elle a fait ?

– Eh bien… Pour résumer, elle est impliquée dans une affaire de financement illégal de campagne électorale. Il y a six mois, Naval Group a vendu douze sous-marins à l'Australie, un contrat monumental à 50 milliards de dollars qui était vital pour l'industrie française de l'armement. Pour faciliter la négociation et la transaction, l'entreprise a fait appel à des intermédiaires, des types louches, limite mafieux, disposant d'un réseau tentaculaire au sein des milieux politiques et industriels. Ces hommes sont rémunérés grâce à des commissions occultes de plusieurs millions d'euros versées via des sociétés écrans basées au Panama, et au final, une partie de cet argent a été détournée pour financer la campagne d'un député des Hauts-de-Seine qui s'imagine déjà président de la République. Ce sont des faits gravissimes, on parle de dix ans de prison minimum et d'un lynchage médiatique sans précédent. Eva est plongée jusqu'au cou dans cette histoire, c'est elle qui a supervisé le montage juridique offshore permettant le versement des commissions. Je suis extrêmement inquiet pour elle… Et par ricochet, pour moi. »

Il se rognait compulsivement l'ongle du pouce jusqu'au sang. Je n'étais pas étonné d'apprendre les égarements d'Eva, sa soif inextinguible d'argent la prédisposait à commettre de tels abus, ce n'était qu'une question de temps avant qu'elle s'embourbe d'elle-même dans un scandale. Nadia, aussi incorruptible qu'Eliot Ness, serait incapable de verser dans ce genre d'affaires.

« Pour moi, c'est la goutte d'eau, se désola-t-il. Ça fait déjà plusieurs années que j'ai du mal à supporter son cynisme et sa cupidité. Tous les soirs elle me parle de ses bonus, de ses augmentations, de ses kilo-euros, on dirait qu'elle n'en a jamais assez. Je ne comprends pas comment elle a pu commettre une erreur aussi basique alors que depuis des décennies la littérature et le cinéma nous rebattent les oreilles avec une seule et unique morale :

l'argent ne fait pas le bonheur. C'est pourtant simple, non ? Dans tous les scénarios, le personnage vénal termine soit ruiné, soit malheureux, soit sous les verrous. Quand viendra son tour, elle ne pourra pas dire qu'on ne l'avait pas prévenue. »

Je le laissai se confier en dodelinant de la tête. Son visage avait blanchi et perlait de transpiration, il semblait maintenant au bord du malaise, j'hésitais presque à appeler un médecin. « Bref, conclut-il, tout ça m'a mené à faire quelque chose dont je ne suis pas fier… » Il déglutit et regarda ses chaussures. « Avant-hier, je n'arrivais pas à fermer l'œil à cause de cette histoire. Je retournais l'affaire dans tous les sens, je songeais aux implications financières, aux possibles démêlés avec la justice, au sens de notre mariage, à ce qui comptait véritablement à mes yeux. J'avais l'impression de devenir dingue, mon cerveau surchauffait comme un vieux moteur au bord de l'explosion. À côté de moi, Eva dormait comme un bébé, tout cela ne semblait pas lui poser le moindre problème de conscience. Je me suis dit qu'elle était cinglée et qu'il fallait agir tant qu'il en était encore temps. Je me suis levé sur la pointe des pieds, j'ai allumé son ordinateur, et j'en ai copié tout le contenu sur une clé USB. Les mails, les photos, les documents pro, tout.

– Mais pourquoi ?

– Pour savoir si elle ne me cache pas d'autres choses ! Je ne sais pas de quoi elle est capable, je ne serais même pas étonné si je découvrais qu'elle faisait de l'espionnage industriel pour les Russes. Elle est totalement imprévisible.

Alors peut-être qu'il n'y a rien d'intéressant dans cette clé, mais dans le doute, je préfère vérifier. »

Vers vingt-trois heures, lorsque la dernière bouteille de champagne fut terminée, l'intérêt de l'exposition chuta radicalement et les invités quittèrent les lieux. Amandine fut félicitée pour la qualité de son travail, on lui assurait une réussite certaine dans le domaine de la photographie.

« Continue comme ça, ton avenir est tout tracé, lui avait glissé son galeriste aviné, on a besoin de talents féminins comme toi. Le succès peut aller très vite, tu sais…

– Merci, Frank, *it means a lot* », avait-elle répondu sur un ton affecté.

Nous regagnâmes la rue des Archives où des terrasses saturées de fêtards charriaient de douces odeurs de cigarette. Deux étudiantes en jupe passèrent devant nous en riant candidement ; Henri ne les remarqua même pas, son angoisse faisait peine à voir.

« Tu veux passer à l'appartement ? proposai-je.

– Je préfère rentrer, j'ai besoin d'une bonne nuit de sommeil. »

Je n'insistai pas et le laissai héler un taxi. Sur le retour, alors que je longeais les quais déserts de la Seine, je pris conscience pour la première fois que mon frère n'était pas l'individu pernicieux que je me représentais depuis des années. Il était un homme avec son lot de qualités et de défauts, comme tout le monde, et je l'avais injustement assimilé à sa femme sans savoir que lui-même ne pouvait plus la supporter. Son désespoir était compréhensible ; qui aurait pu tolérer un tel bloc de vénalité et d'égocentrisme dans son foyer ? Personne, sauf peut-être des individus parfaitement soumis dont il ne faisait pas partie. Pendant de nombreuses années pourtant, ils avaient été liés par leur insatiable appétit d'argent facile, leur perpétuel goût des choses qui brillent, mais l'arrivisme avait ses limites, et ces limites avaient été dépassées le jour où Eva avait violé la loi. Maintenant, il aurait fallu qu'elle consulte, ça aurait été une excellente idée de cadeau de Noël, un bon d'achat pour des séances de psy. Le diagnostic serait facile, elle cochait toutes les cases de la personnalité narcissique : sentiment de supériorité, besoin permanent d'être reconnue, forte confiance en elle, et surtout impression de ne pas être concernée par les lois, ces règles édictées pour une masse plébéienne à laquelle elle ne se sentait pas appartenir. Je savais toutefois que c'était peine perdue, s'allonger sur le divan nécessitait une capacité de retour sur soi et de remise en cause individuelle, or Eva était une personne qui ne doutait pas. Quelle que fût la situation, elle était suprêmement convaincue d'être dans son bon droit. L'idée de la remettre à sa place commençait doucement à germer dans mon esprit.

7.

Les semaines suivant le remaniement ministériel furent d'une intensité extrême, presque inhumaine, Nadia se levait sur le coup de cinq heures et ne rentrait du bureau que vers vingt-trois heures, à bout de forces, avec des cernes qui semblaient dessinés au marqueur. Sa nomination immédiate l'avait contrainte à organiser simultanément son départ d'Accor et son arrivée au ministère, nécessitant une double dose de travail, qu'elle abattait avec détermination, sans émettre aucune plainte. Ces journées éreintantes l'avaient conduite à accorder une importance cardinale à la qualité de ses nuits. Le sommeil réparateur était devenu la nouvelle condition de sa réussite, le socle majeur de sa productivité, à tel point qu'elle avait exigé de faire chambre à part, au moins pour le temps de sa prise de poste. J'avais accepté sans protester. De toute façon, notre vie sexuelle s'était réduite comme peau de chagrin, nous ne faisions désormais l'amour qu'une fois par mois et nos rares ébats s'avéraient tragiquement mécaniques. La plupart du temps, elle s'allongeait sur le dos et semblait attendre que je termine ma basse besogne, l'esprit manifestement absorbé par des préoccupations d'ordre professionnel. « Le besoin sexuel est le plus violent de tous nos appétits », me répétais-je pendant ces lugubres missionnaires, une affirmation de Schopenhauer qui, de toute évidence, n'était pas universelle.

Au bout du compte, seules mes escapades extatiques avec Anaé permettaient de compenser ma morosité sexuelle. Elle m'offrait tout son corps, c'était comme une espèce de banquet romain, je ne savais plus où donner de la tête. Je la revis un mois après le vernissage, lors d'une fraîche après-midi d'octobre annonciatrice de l'hiver. Après les habituels préliminaires, je lui proposai une levrette qu'elle refusa net : « Je n'ai pas envie de ça aujourd'hui, je préfère te sentir contre moi. Assieds-toi, je vais me mettre en lotus. » Je ne savais pas ce qu'était le lotus, mais ça me convenait, avec elle le sexe accédait à une dimension astrale quelle que soit la position. Elle s'assit sur mon sexe, face à moi, puis se mit à tortiller son bassin avec souplesse. Ses ravissants petits seins ballottaient avec grâce et régularité, à peine dissimulés par sa chevelure blonde. Je sentis peu à peu mon cerveau céder sous l'écrasement monolithique du plaisir. « Tout est justifié, songeai-je, ébloui par sa beauté juvénile. La vie vaut la peine d'être vécue. »

Puis subitement, et pour la toute première fois, nos bouches se rencontrèrent. Ce fut un baiser passionné, torride, langoureux, qui transforma notre relation d'une seconde à l'autre : nous ne baisions plus, nous faisions l'amour. Aussitôt, mon insouciance fut balayée par un tsunami de culpabilité à l'égard de Nadia. Je la repoussai calmement. « Guillaume, insista-t-elle, j'ai envie de *toi*, pas d'un pénis en érection qui m'empale machinalement… » Sa langue moelleuse se glissa de nouveau dans ma bouche, je tentai de m'y opposer mais elle redoubla d'ardeur, agrippant mes cheveux, enserrant ma nuque, ne me laissant pas d'autre choix que de m'abandonner pleinement. Elle jouit quelques minutes plus tard en plantant ses ongles dans mon dos ; ému par cet élan d'affection, j'éjaculai à mon tour avec un râle néandertalien.

Après avoir dissipé le brouillard post-orgasme et recouvré un niveau de conscience normal, je lui tendis sa traditionnelle enveloppe de billets, garnie de 300 euros en petites coupures.

« Garde-les, dit-elle en esquissant un geste de refus. Je préfère que tu m'invites au restaurant.

– Tu es sûre ?

– Oui, j'ai épargné plus de 30 000 euros grâce à mes passes, c'est suffisant pour payer mon master et mes dépenses quotidiennes. J'aimerais arrêter maintenant. Et puis il faut être cohérent : si je passe ma vie à dénoncer le culte de l'argent, ce n'est pas pour être vénale moi-même.

– Donc quoi ? On couche ensemble gratuitement désormais ?

– Je n'en sais rien… Je ne suis plus à l'aise avec l'idée de te faire payer, on se connaît depuis trop longtemps. »

Son changement de comportement commençait à m'inquiéter. Depuis quelques semaines, elle cherchait à prolonger nos rendez-vous, me faisait des confidences sur l'oreiller, évoquait ses angoisses intimes et me parlait même de ses parents. Sa façon de coucher avec moi s'était également modifiée, elle m'enlaçait avec ardeur, m'embrassait et se lovait contre moi après l'orgasme. En somme, elle manifestait d'évidents signes d'attachement qui n'auguraient rien de bon.

« Tu sais qui est la personnalité préférée des Français cette année ? demanda-t-elle soudainement en consultant son smartphone.

– Aucune idée… Omar Sy ?

– Non, c'est Nadia Azzaoui. Omar Sy est deuxième.

– Ah oui, fis-je avec embarras, la nouvelle mascotte de l'écologie…

– La nouvelle faux-cul vendue aux lobbies, tu veux dire. Je n'en peux plus de la voir courir les plateaux télé pour débiter ses mensonges démagos. Les gens l'adorent parce qu'elle incarne la jeunesse, la diversité et le progrès, mais elle ne fera rien pour la planète, ses promesses ne sont pas tenables, on ne peut pas concilier croissance et respect de l'environnement. En plus, elle se la joue immigrée proche du peuple alors que c'est un énième clone sorti de Janson-de-Sailly et d'HEC. Je ne peux pas la supporter. »

Anaé n'imaginait pas une seconde qu'elle se trouvait chez ladite Nadia Azzaoui au moment même où elle prononçait ces paroles. De fait, elle ne pouvait pas le deviner : il n'y avait aucun nom sur la sonnette, aucune photo de notre couple sur les murs de l'appartement, ni aucun autre indice qui aurait pu trahir son identité. Elle m'avait bien sûr déjà posé des questions sur ma femme, mais j'avais toujours catégoriquement refusé d'y répondre.

« Je ferais démissionner tous les membres de ce gouvernement si je le pouvais, poursuivit-elle avec véhémence, ils cachent forcément des cadavres dans le placard, on ne peut pas arriver à ce niveau de pouvoir sans avoir les mains sales. J'en ai parlé avec des amis de la fac, et eux aussi étaient étonnés qu'il n'y ait pas davantage de révélations sur leurs magouilles. On s'est rendu compte qu'en dehors d'Edward Snowden et de Julian Assange, personne n'a récemment été capable de dévoiler des scandales d'ampleur en Occident. En France, on dirait que le journalisme d'investigation est tombé aux oubliettes, il n'y a que *Mediapart* et dans une moindre mesure *Le Canard enchaîné* qui mènent des enquêtes potables. Du coup, puisque personne ne semble avoir le courage de se bouger le cul dans ce pays, j'ai décidé de monter mon propre média. »

Je l'écoutais d'une oreille distraite en changeant les draps, redoutant que Nadia perçoive son parfum. « Un média d'investigation…, dis-je en tapotant les oreillers. Et comment tu comptes t'y prendre ?

– Justement, mon projet est encore embryonnaire à ce stade. En gros, j'ai créé le site web, dessiné un logo, et publié trois articles sur des sujets qui me tiennent à cœur. J'ai bien conscience que ce n'est pas grand-chose, mais j'avais envie de passer à l'action, je n'en peux plus de voir les journalistes rédiger des articles complaisants à l'égard du gouvernement et des grands groupes. Chaque fois qu'un scandale éclate, ces lâches se contentent de pousser de vagues coups de gueule dans des éditos minables. Les personnalités concernées en ressortent à peine égratignées alors qu'elles devraient être clouées au pilori. En même temps, ce n'est pas surprenant puisqu'ils sont tous de mèche ! Les grands journalistes profitent autant du système que les dirigeants, ils n'ont pas intérêt à scier la branche sur laquelle ils sont assis. Tu vois ce que je veux dire ? Ils ne remettront jamais en question la superstructure. »

Elle employait du vocabulaire marxiste maintenant, c'était une nouveauté, elle devait chercher à m'impressionner par ses références.

« Les médias ne parlent jamais des vrais problèmes, reprit-elle avec emportement, ils font leurs unes sur des thématiques sociétales dont tout le monde se fout : la transidentité, le véganisme, la gestation pour autrui… Personne n'est concerné par ces sujets ! Mais les Français bouffent la soupe qu'on leur sert sans se poser de questions… Peuple de veaux ! Tu sais ce que ça me donne envie de faire ? »

Je pariai intérieurement qu'elle allait employer l'expression « donner un coup de pied dans la fourmilière ».

« Ça me donne envie de jeter un pavé dans la mare ! » s'écria-t-elle.

Raté.

« Quand même, nuançai-je, si tu veux t'attaquer à des hommes de pouvoir, tu pourrais t'attirer de sérieux ennuis.

– Non, je n'ai rien à perdre. Que veux-tu qu'ils fassent ?

Exhiber mon passé d'escort ? Mes anciens clients – dont ton pote Florent d'ailleurs – ont déjà posté des sextapes de moi sur internet et je m'en fous complètement, j'assume. Maintenant, ce qu'il me faudrait, c'est un scoop, une information croustillante et inédite à révéler au grand public. Je ne sais pas trop par où commencer… »

Je réfléchissais, allongé sur le lit, les bras croisés derrière la tête. Curieusement, la fraude d'Eva ne me vint pas tout de suite à l'esprit, je pensai d'abord à des scandales d'ordre sexuel, genre partouzes strauss-kahniennes ou fellation clintonienne, mais ça n'était pas cohérent avec le profil d'Anaé, une call-girl féministe ne mettrait pas sa prose journalistique au service de motivations puritaines. Non, ce qu'il lui fallait, c'était une bonne vieille affaire politico-financière, une histoire de corruption impliquant si possible des élus des Hauts-de-Seine et des porteurs de mallettes libanais. Mon cerveau empêtré d'endorphines tournait au ralenti, il me fallut cinq bonnes minutes avant de faire le lien avec Eva.

« J'ai quelque chose qui pourrait t'intéresser, dis-je enfin en me tournant vers elle.

– Quoi, l'agent comptable de ton lycée pique dans la caisse ? ironisa-t-elle.

– Très drôle, non, quelque chose de beaucoup plus important. Ma belle-sœur a participé au financement illégal d'une campagne électorale, une affaire qui mêle Naval Group et un député des Hauts-de-Seine.

– Parfait, ça ferait un excellent article ! Encore un qui a confondu servir et se servir.

– Oui, mais je n'en sais pas beaucoup plus, mon frère m'a avoué ça il y a quelque temps. Il faudrait que je creuse un peu si tu veux en faire un papier. »

Elle s'assombrit bizarrement au moment où j'évoquai mon frère. « Et ça ne te dérange pas de le poignarder dans le dos ? demanda-t-elle sur un ton moralisateur.

– Ce n'est pas lui qui est concerné, c'est sa femme…

– Ça reste la famille, même par alliance. J'imaginais que tu avais un peu plus de respect que ça. »

La famille ? Elle allait me faire croire qu'elle accordait de l'importance à la famille, elle, la petite *millenial* individualiste qui exécrait les valeurs traditionnelles et ses parents catholiques ? Ça, c'était la meilleure. Je me redressai dans un sursaut d'orgueil et affectai une mine exagérément grave : « Écoute, je me fous de cette importance oiseuse accordée aux liens du sang. Une famille est un groupe de personnes qu'on ne choisit pas et qui nous est parfaitement inutile. Certes, au Moyen Âge, il était vital de pouvoir compter sur ses proches pour éviter que la maladie, la guerre ou la famine ne nous exterminent du jour au lendemain. Mais aujourd'hui ? Aujourd'hui, on n'a plus ces problèmes. La sécurité sociale, la dissuasion nucléaire et les hypermarchés ont rendu l'institution familiale obsolète. Je n'ai aucun scrupule à dénoncer Eva, ce n'est qu'une vendue qui a trop profité du système, il est temps de la faire passer à la caisse. De toute façon elle ne risque rien, toi et moi savons très bien qu'elle n'ira jamais en prison, les hommes d'affaires et les politiciens arrivent toujours à s'en sortir même quand ils sont reconnus coupables. Ce que je veux, c'est simplement lui faire une petite frayeur, lui faire prendre conscience qu'elle n'est pas aussi intouchable qu'elle le croit. Et puis j'ai un peu de peine pour mon frère qui ne peut plus la supporter, ça lui fera une bonne raison de demander le divorce. »

Elle hocha la tête et répondit d'un air enchanté : « D'accord, comme tu voudras, moi je serais ravie de m'attaquer à une ordure dans son genre. Tu as des preuves que je pourrais rendre publiques ?

– Oui... Enfin, je peux mettre la main dessus assez facilement. »

Je pénétrai en douce chez mon frère la semaine suivante. Il s'agissait de ma deuxième intrusion et je constatai avec déception qu'elle ne me procurait aucune adrénaline. À l'intérieur, l'espace était propre, ordonné et géométrique comme un tableau de Mondrian. Il me fallut à peine cinq minutes pour trouver la clé USB, Henri l'avait stupidement cachée dans sa table de chevet entre le dernier numéro de *Challenges* et une boîte de boules Quies. Je copiai l'intégralité du contenu sur mon ordinateur portable.

En quittant son appartement, je repensai à sa réflexion sur Eva : « Dans tous les scénarios, le personnage vénal termine soit ruiné, soit malheureux, soit sous les verrous. » Avec son imaginaire de dessin animé, il était convaincu que les méchants finissaient toujours par payer. L'étude des faits historiques, pourtant, lui donnait tort. Au cours des cinq millénaires écoulés, les peuples dans leur immense majorité n'avaient connu aucune véritable justice. L'Histoire s'apparentait au contraire à un déchaînement continuel de meurtres, de viols, de mutilations, de supplices et de génocides d'une cruauté sans limite, commis en toute impunité par des fractions de populations dominantes sur une période donnée. Des vagues de violences émergeaient puis disparaissaient, sans logique apparente, au gré de combinaisons de facteurs bien trop nombreux pour être pleinement compris. Le karma n'existait pas – les mauvais comportements n'étaient ni châtiés ni récompensés – et il était clair qu'il fallait donner un petit coup de pouce au destin pour sanctionner Eva. J'envoyai tous les documents à Anaé sans une once de scrupule.

8.

Situé au 246 boulevard Saint-Germain, l'hôtel de Roquelaure avait été construit au début du XVIIIe siècle sur le modèle canonique des demeures aristocratiques françaises. Habité pendant un siècle par plusieurs grandes familles de la noblesse de robe, il avait finalement été vendu à l'État en 1821 et retenu pour accueillir le ministère chargé de l'Écologie. Le bureau de Nadia était situé au premier étage, juste à côté du cabinet du ministre. Elle souhaitait à tout prix me faire découvrir les lieux et partager l'éblouissement qui avait été le sien lors de sa prise de fonction. Un lundi de novembre, j'enfilai donc une veste et me rendis sur place à l'heure du déjeuner. Après avoir passé les portiques de sécurité, on me dirigea vers la cour d'honneur où ma secrétaire d'État m'attendait, souriante et radieuse dans la lumière de midi. Son tailleur strict et ses escarpins pointus renvoyaient une image de grand professionnalisme, tandis que ma veste mal coupée me donnait l'air du plouc de service qu'on tolère exceptionnellement pour les journées du patrimoine.

« Viens, dit-elle en me prenant la main, on va faire le tour du propriétaire. » Je la suivis en jetant des regards de touriste autour de moi. Elle me fit d'abord traverser la salle à manger et le salon, deux pièces immenses, incroyablement lumineuses et écrasées de lustres dorés à l'or fin. « Eh bien..., soufflai-je, ils ont des goûts de luxe, ces écolos... » Nous poursuivîmes vers la bibliothèque, plus sombre mais tout aussi opulente, dont les murs abritaient des centaines de livres anciens aux tranches vert émeraude, rouge grenat et jaune cuivré. Elle m'emmena ensuite dans une antichambre accueillant un large canapé Louis XV (ou Louis XVI ? ou Louis-Philippe ?), un gigantesque miroir grimpant jusqu'au plafond, et un globe terrestre d'au moins un mètre de diamètre qui donnait une bonne idée du niveau de mégalomanie des occupants. Enfin, et c'était le clou du spectacle, on nous ouvrit les portes du cabinet du ministre : une débauche de dorures, de cristal et de peintures classiques, le tout surchargé de sculptures taillées dans les matériaux les plus nobles. C'était là, sous les ors de la République, que la fine fleur de la nation statuait sur la finalité des poubelles jaunes.

Nous retournâmes vers la salle à manger du rez-de-chaussée. Dans les escaliers, des technocrates aux sourires fiers et aux chaussures impeccablement cirées saluaient Nadia avec des manières obséquieuses. Elle faisait partie du sérail désormais, elle en était même la plus éminente représentante.

« Au fait, dit-elle, on déjeune avec la ministre de l'Enseignement supérieur et de la Recherche, ça ne te dérange pas ?

– Pardon ? Je pensais qu'on allait manger tous les deux.

– Eh bien, on sera trois, décréta-t-elle.

– Super, je ne suis même pas habillé pour l'occasion. Et je ne sais même pas comment elle s'appelle ! Comment je dois m'adresser à elle ? De quoi est-on censés parler ?

– Détends-toi, c'est une femme très accessible. Ne te laisse pas impressionner. Tu sais, on nous présente les élites comme des êtres supérieurs, des brutes de travail dotées de compétences hors du commun, mais en réalité ce sont des individus comme les autres. Il y a une multitude de légendes urbaines qui entretiennent ce mythe : Barack Obama n'aurait besoin que de quatre heures de sommeil par nuit, Warren Buffett serait capable de lire cinq cents pages par jour, Elon Musk travaillerait cent vingt heures par semaine, Vladimir Poutine ferait deux heures de musculation chaque matin au réveil… Ces conneries affligeantes, je les ai entendues des centaines de fois, et je me rends compte seulement depuis quelques semaines qu'elles sont parfaitement infondées. Les dirigeants ne sont pas des surhommes, on leur prête des qualités proprement incroyables alors qu'ils ont simplement de l'audace et beaucoup de chance.

– Sûrement… Tu aurais quand même pu me prévenir, je ne suis pas très à l'aise. »

Nous nous assîmes à une table nappée de blanc sur laquelle étaient disposées de l'argenterie rutilante, des serviettes brodées, et une majestueuse orchidée dont les fleurs venaient tout juste d'éclore. Par la fenêtre, on apercevait le parc privé du ministère avec son irréprochable pelouse et un chêne bicentenaire en haut duquel chantait un heureux couple de mésanges.

« Ce sera rapide, dit Nadia, je la vois juste pour échanger sur la stratégie de transition écologique en matière de R&D. Si on veut maintenir la hausse des températures en dessous de 1,5 °C d'ici 2050, il faut agir maintenant et mettre les laboratoires au service du développement durable. Le seul problème, c'est que la France a du mal à transformer sa recherche de pointe en nouvelles technologies ; on découvre plein de choses mais on en tire très peu d'applications. Pour moi, la solution est toute vue : c'est en combinant adroitement les forces des scientifiques et celles des entreprises que l'on fera émerger les innovations disruptives qui prépareront le monde de demain.

– Tu parles comme ton conseiller en communication.

– Je prends ça comme un compliment. »

Quelques minutes plus tard, la ministre de l'Enseignement supérieur et de la Recherche débarqua dans la salle à manger comme une tornade. C'était une blonde sèche d'une soixantaine d'années, au brushing impeccable et à la démarche nerveuse, dont les talons claquaient comme des coups de tonnerre sur le parquet. Son visage anguleux semblait taillé dans la pierre, et son foulard Hermès d'un orange flamboyant détonnait avec l'austérité générale de sa tenue.

« Bonjour, Nadia ! s'exclama-t-elle en ouvrant les bras.

Excusez mon retard, j'ai été retenue dans des négociations infernales avec les syndicats d'enseignants-chercheurs. Ces profs ! Le moins ils en font, le mieux ils se portent ! Mais dites donc, rugit-elle en se tournant vers moi, vous devez être le mari de notre chère secrétaire d'État ?

– Madame la ministre, fis-je avec déférence en lui tendant la main.

– Oh, je vous en prie, appelez-moi Marie-Hélène. Bon, qu'est-ce qu'on mange ? Je pourrais dévorer un ours. »

Trois serveurs endimanchés nous apportèrent les plats sous cloche : dos de cabillaud et sa sauce au beurre blanc, accompagné de légumes de saison et d'un meursault premier cru. Je considérai mon assiette avec perplexité. Avec quel couteau fallait-il couper le poisson ? Quel verre était destiné au vin ? Devais-je étaler la serviette sur mes genoux ou la laisser sur la table ? J'étais déboussolé comme une fourmi à laquelle on aurait coupé les antennes. Rompue aux us et coutumes de l'aristocratie républicaine, Nadia se révélait au contraire parfaitement à l'aise avec ce cérémonial.

« C'est pas vrai, encore du cabillaud ! s'insurgea la ministre. On en bouffe trois fois par semaine, je n'en peux plus. Vous savez que c'est le même poisson que la morue ? Le premier nom est plus distingué que le second, mais en fait c'est pareil, c'est le même animal. Une belle entourloupe, tout à fait à l'image des ministères : on les enrobe d'intitulés et d'apparences prestigieux, mais dedans il n'y a rien, aucune puissance d'agir, aucun moyen ; on n'a ni le temps, ni l'argent, ni le courage de changer quoi que ce soit.

– Vous exagérez, Marie-Hélène…

– Si seulement ! Deux ans après mon arrivée, je n'ai pu mener aucune des réformes initialement prévues. Tous nos collègues, qu'ils soient à l'Éducation nationale, à la Justice ou à l'Agriculture en sont réduits à ce constat. Nadia, je suis navrée de vous dire que vous risquez d'éprouver cette déception à votre tour.

– Je suis confiante sur les marges de progrès dont nous disposons à ce stade, répondit Nadia tel un robot.

– Tant mieux, à votre âge il faut encore conserver quelques idéaux. Allons, régalez-vous, c'est aux frais de la princesse !

– Oui, bon appétit ! » lançai-je maladroitement.

La ministre me fusilla du regard. « On dit “bonne dégustation”, autrement cela revient à évoquer la digestion et le transit intestinal. Nadia, il faudra apprendre les bonnes manières à votre époux si vous prévoyez de l'emmener dans des réceptions officielles. » Je rougis et desserrai légèrement mon nœud de cravate. « Je plaisante ! s'exclama-t-elle. Détendez-vous, mon grand, nous sommes ici sans manières ! » J'émis un rire nerveux à mon tour, aussi à l'aise qu'un chimpanzé dans un smoking.

« Bien, fit Nadia, l'objet de ce déjeuner était donc de se concerter sur la roadmap à implémenter en matière de R&D.

– Absolument. »

Et elles se mirent à discuter de l'avenir de la France.

Nadia maîtrisait son sujet à la perfection. Elle parlait de fiscalité carbone, de certification ISO 14001, de programmation pluriannuelle de l'énergie et de reporting extrafinancier des investisseurs avec une virtuosité extraordinaire. Des sigles et acronymes aux significations obscures peuplaient toutes ses phrases. SNDE, PNSQA, PNPD, TICPE... Ce jargon technique, totalement inconnu d'elle deux ans plus tôt, lui était désormais aussi familier que sa langue maternelle. C'est bien ce que je pensais, songeai-je en avalant une gorgée de meursault, tout s'apprend sur le tas.

Elles échangèrent avec animation pendant une bonne demi-heure, évoquant le réchauffement climatique et les millions de décès dus à la pollution avec ce détachement froid qui caractérise les gens de pouvoir. Je les laissai parler sans intervenir, me contentant de mastiquer mon dos de cabillaud le plus longtemps possible. Les portions gastronomiques étaient vraiment trop réduites, j'avais déjà décidé de me terminer dans une pâtisserie en sortant.

« Nous sommes d'accord sur l'essentiel, conclut finalement la ministre. Je vous ferai passer un draft dans la semaine. De toute façon, il est inutile de se mettre la rate au court-bouillon, vous savez comme moi que les émissions de CO_2 de la France représentent à peine 1 % du total mondial. Même si toute notre population disparaissait du jour au lendemain, ça ne changerait quasiment rien à l'effet de serre. Bref, et vous, cher Guillaume, qu'est-ce qui nous vaut l'honneur de votre présence ? »

Ses yeux bleus comme des saphirs me lançaient des

éclairs inquisiteurs. Elle avait dû être une ravissante jeune femme dans les années 1980, je l'imaginais bien avoir fréquenté des orgies secrètes à masques vénitiens, genre *Eyes Wide Shut*, pour se tailler une place dans les hautes sphères dominées par les hommes.

« Nadia souhaitait me faire découvrir son lieu de travail, dis-je simplement pour répondre à sa question.

– Je suppose que la décoration est à votre goût. Moi je n'ai pas la chance de travailler dans un monument historique, mon ministère est installé dans les anciens locaux de l'École polytechnique, l'architecture ne présente aucun intérêt et les murs sont affreusement mal isolés ; l'hiver on gèle et l'été on cuit. Il faudrait refaire la toiture, mettre des fenêtres à double vitrage, installer la climatisation, mais on n'a pas les moyens. Et je ne vous parle pas de l'accessibilité, le quartier est terriblement mal desservi, la rue Descartes ne s'emprunte qu'en sens unique et la rue des Écoles est constamment embouteillée, mon chauffeur n'en peut plus… Enfin, je passe mon temps à me plaindre ! Parlons plutôt de vous. Qu'est-ce que vous faites dans la vie ?

– Justement, je suis prof…

– Formidable !

– … dans le secondaire.

– Aïe. En prépa au moins ?

– Non, dans un lycée de Seine-Saint-Denis.

– Bon sang, mais vous êtes complètement maso ? Vous devriez passer l'agrégation, ça vous permettrait d'enseigner dans le supérieur, d'augmenter votre rémunération, et de passer à quinze heures de cours hebdomadaires au lieu de dix-huit. »

J'avais déjà mûrement réfléchi à la question au début de ma carrière et je ne souhaitais pas me lancer dans ce marathon académique. Le concours de l'agrégation requérait une préparation intensive sur une à deux années pour un résultat plus qu'incertain. Après avoir sacrifié toute vie sociale pendant des mois, l'immense majorité des candidats se cassaient les dents sur la difficulté des épreuves et en ressortaient durablement démoralisés. Je ne me sentais ni le courage ni l'envie de m'investir dans cette épreuve. Par ailleurs, enseigner dans le supérieur obligeait à préparer des cours de haut niveau, les étudiants posaient des questions vicieuses dès le master 1, parfois dès la licence, il fallait se tenir prêt à donner le change sur n'importe quel sujet. En comparaison, mes lycéens passaient pour un aimable troupeau ovin, c'est à peine s'ils savaient qui était Napoléon, aucun risque pour moi d'être pris en défaut.

« Le concours ne m'attire pas pour l'instant, répondis-je. Et tout n'est pas rose dans le supérieur, les enseignants-chercheurs se plaignent aussi régulièrement de leurs conditions de travail.

– C'est vrai, abonda Nadia, des réformes d'envergure doivent être menées dans les universités et les grandes écoles. Il faut se retrousser les manches, on a des défis à relever, les Français comptent sur nous.

– À la bonne heure ! s'exclama la ministre. Mais je vous ai déjà dit que je n'ai pas les moyens. L'État, ce n'est pas le grand barbu de l'Ancien Testament, il ne lui suffit pas de claquer des doigts pour façonner le monde à son image. Le pouvoir est trop morcelé. Avez-vous une idée du nombre de parties prenantes avec lesquelles je dois composer pour réguler le microcosme de l'enseignement supérieur ? Outre mon ministère, il y a : le CNU, qui décide des carrières des enseignants-chercheurs ; la CGE, qui assure le lobbying des grandes écoles ; la CPU, qui gère celui des universités ; la CTI, qui accrédite les écoles d'ingénieurs ; la CEFDG, qui régule les écoles de commerce ; le Hcéres, qui évalue les établissements ; le CNESER, qui doit être consulté sur les questions stratégiques ; l'Union européenne qui ne nous laisse pas faire ce qu'on veut ; les étudiants qui bloquent tout au moindre projet de loi ; les syndicats d'enseignants-chercheurs qui protègent leurs privilèges corporatistes ; et des centaines d'établissements dont les conseils d'administration sont absolument souverains. Alors moi, je fais quoi ? Eh bien, je joue du pipeau. J'enchaîne les plateaux télé et je raconte aux gens ce qu'ils veulent entendre. Qu'est-ce que je peux faire d'autre ? On a institué tellement de contre-pouvoirs qu'il n'est plus possible de gouverner. »

Elle se resservit un verre de vin, rajusta son foulard et continua son aveu d'impuissance sans le moindre embarras. « Je ne peux pas mener de réformes d'ampleur, mais prendre des mesurettes, ça je peux le faire ! C'est bien, les mesurettes, ça occupe les médias et les conversations des Français. Par exemple, dans deux semaines, on va lancer un service en ligne qui permettra de vérifier l'authenticité de n'importe quel diplôme. »

Je faillis m'étouffer. Nadia ouvrit des yeux ronds comme des soucoupes, elle comprit immédiatement le danger que ce projet représentait. Ses performances professionnelles et l'absence d'obstacles à notre plan, pourtant si simple, avaient suffi à nous faire oublier notre propre mensonge. La réalité nous rattrapait. « L'authenticité, dit Nadia. C'est-à-dire ? » Je voyais qu'elle essayait de contenir l'affolement qui montait en elle.

« Concrètement, dit la ministre, ce sera un site web sur lequel il suffira d'entrer le numéro du diplôme et le nom de famille associé. En un clic, l'employeur pourra savoir si le diplôme en question est répertorié dans notre base de données. Pratique, non ? Bon, c'est un peu gadget, je vous l'accorde, mais ça aura le mérite de démasquer quelques imposteurs. Pardonnez-moi l'expression, mais j'en connais qui vont se chier dans le froc !

– C'est formidable, dit Nadia avec nervosité. Vraiment merveilleux. » Sa main était parcourue de tremblements convulsifs, elle ne parvenait plus à tenir sa fourchette correctement.

« Rassurez-moi, dis-je à la ministre, vous allez contrôler uniquement les embauches, c'est bien cela ?

– Ah non, on va également regarder les diplômes des agents en poste. Des vérifications aléatoires sont prévues pour environ 10 % du personnel, quel que soit le poste. C'est un algorithme qui désignera les noms. J'aimerais effectuer davantage de contrôles mais il y a plus de cinq millions de fonctionnaires dans ce pays, on ne peut pas se permettre de systématiser. Tant pis, certains passeront à travers les mailles du filet… »

Après le fromage et le dessert, elle nous remercia pour ce déjeuner qu'elle qualifia de « charmant et productif » et prit congé d'une poignée de main énergique. Je restai seul avec Nadia, adossé à la cheminée en marbre. Un silence morbide régnait dans la salle à manger.

« C'est la catastrophe, dit-elle d'une voix blanche.

– Mais non…

– Et s'ils vérifient mon dossier ? Tu réalises les conséquences ? »

J'ouvris les mains en geste d'apaisement : « Calme-toi, elle a dit 10 % de contrôle, ça veut dire que tu as 90 % de chances de t'en sortir.

– C'est déjà un risque trop important !

– Même s'ils découvrent le pot aux roses, il y aura toujours moyen de s'arranger. Tu es secrétaire d'État quand même !

– Justement ! Je ne veux pas perdre ce que j'ai obtenu ces deux dernières années. Le statut, l'émulation, la reconnaissance, le niveau de vie… Et surtout… toi. »

Elle se mit à sangloter et répéta d'une voix étranglée : « Je ne veux pas te perdre… » Son mascara coulait le long de ses joues, laissant des sillons noirâtres. Je lui tendis un mouchoir. « Si ça arrive, je me fous en l'air », murmura-t-elle en épongeant ses larmes. La pauvre se laissait complètement submerger par l'angoisse. Je tentai de la rassurer en lui affirmant que rien de tout cela ne pouvait se produire et que nous étions à l'abri de toute révélation.

C'était faux évidemment, mais que pouvais-je lui dire d'autre ? 10 %, cela correspondait à la probabilité d'attraper la grippe en hiver, et je l'avais déjà eue à de nombreuses reprises. Il n'y avait plus qu'à croiser les doigts. « Ne t'en fais pas, la chance a toujours été de notre côté », conclus-je en la serrant dans mes bras.

9.

Les premiers éléments de « l'affaire Naval Group » tombèrent le lendemain après-midi sur les chaînes d'information en continu. Au téléphone, Anaé m'expliqua les détails de sa manœuvre. Après avoir reçu mes documents, elle avait pris contact avec un de ses professeurs de Nanterre spécialisé dans l'histoire de la presse. C'était un militant communiste notoire, bien connu au sein de l'université pour soutenir les blocages étudiants à chaque réforme, elle savait qu'il serait prêt à l'épauler dans ses attaques contre les industriels de l'armement. De fait, l'homme avait tout de suite accepté de la mettre en relation avec le rédacteur en chef de *L'Humanité*, qui lui-même avait passé un coup de fil à son homologue de *Libération*. Ensemble, ils s'étaient mis d'accord pour laisser à Anaé la primauté du scoop ; elle pouvait publier la nouvelle en premier sur son média, et eux se chargeraient de la relayer en prenant soin de citer son nom. Leur unique condition concernait le partage des preuves, ils voulaient obtenir une copie de tous les fichiers compromettants pour être sûrs de ne pas diffuser de fausses informations ; elle avait accepté sans discuter. Ils lui avaient également demandé d'où provenait la fuite, mais cette fois elle avait opposé un refus catégorique au nom de la protection des sources journalistiques, me plaçant ainsi en complète sécurité.

En moins de deux heures, tous les médias du pays s'emparèrent du scandale. « La société Naval Group accusée de financer illégalement la campagne d'un député des Hauts-de-Seine. Le parquet ouvre une enquête préliminaire. Cinq personnes ont été placées en garde à vue. »

J'exultais devant la télévision en imaginant Eva apprendre la nouvelle. « Bien fait pour ta gueule ! » criai-je en montant le son. Bien sûr, je savais que son nom ne serait jamais cité publiquement, elle était directrice juridique, pas directrice générale, mais cela suffirait à la faire redescendre sur terre, voire à la contraindre à la démission. Elle devait faire une insoutenable crise de nerfs à l'heure qu'il était, se rouler sur son tapis persan en poussant des cris aigus comme une enfant en colère. Pour Henri, c'était le moment ou jamais de lui dire ses quatre vérités et de claquer la porte, j'espérais sincèrement qu'il en aurait le courage. Il n'avait que quarante-deux ans, avec un peu de chance il pourrait rapidement refaire sa vie avec une personne saine d'esprit.

Je songeais aussi à Anaé. Elle avait su mobiliser son réseau, rédiger un article convaincant et négocier avec les rédacteurs en chef de grands médias nationaux. Grâce à son exclusivité, son site allait prodigieusement gagner en visibilité du jour au lendemain, elle serait interviewée, invitée sur les plateaux télé et sollicitée pour rédiger d'autres articles ; en somme, elle venait de gagner la notoriété et le ticket d'entrée à Sciences Po dont elle rêvait tant. Je ne pus m'empêcher d'éprouver une certaine fierté personnelle ; tout ça, c'était un peu grâce à moi. J'avais bien mérité une vodka martini, le cocktail des vainqueurs, celui que James Bond demande qu'on lui fasse au shaker et pas à la cuillère. Moi aussi j'étais une sorte d'agent secret au service des intérêts de la nation. La sensation de triompher dans l'ombre me montait doucement à la tête.

En sirotant ma boisson, je passai en revue les sites internet des principaux médias français. *Libération* avait publié une diatribe teintée de moralisme, dénonçant « un affront supplémentaire à la démocratie perpétré par l'industrie de la mort ». *Le Figaro*, historiquement loyal aux milieux d'affaires, s'était contenté d'évoquer « des rumeurs de l'extrême gauche émanant d'un blog réputé pour propager des fake news ». Enfin, fidèle à lui-même, *Le Monde* avait factuellement résumé les informations sous la sempiternelle formule « Ce que l'on sait de l'affaire Naval Group » ; leur rigueur et leur objectivité me fatiguaient un peu.

La nouvelle était par ailleurs largement republiée sur Facebook. Je passai un temps significatif à lire les réactions des internautes qui, comme je m'y attendais, s'étaient livrés à un déchaînement d'indignation. La plupart réclamaient « une bonne guerre pour purger le pays de ses éléments corrompus » et dénonçaient le « laxisme prévisible des juges face aux puissants ». Une certaine Monique Després, que sa photo de profil représentait en adorable grand-mère entourée de bichons maltais, préconisait également « le lynchage par la foule et la peine de mort sans procès » ; je lui aurais pourtant donné le bon Dieu sans confession, à la Monique.

J'en étais à mon cinquième cocktail lorsque Nadia entra en trombe dans l'appartement. La vodka m'avait mis d'excellente humeur, je commençais à être sérieusement attaqué et j'étais bien décidé à finir la bouteille. Elle courut vers moi avec affolement : « Je viens d'écouter les infos dans le taxi ! Tu as pris des nouvelles d'Henri et d'Eva ?

– Rien à foutre, *justice has been done !* m'exclamai-je en levant mon verre.

– Je rêve ou tu es en train de trinquer à la chute de ta belle-sœur ?

– Pas du tout, je célèbre la victoire de la vérité sur le mensonge, c'est toi qui me l'as appris. Et qu'est-ce que ça peut te faire ? Tu la détestes autant que moi.

– C'est immonde, Guillaume, de dire ça, on ne se réjouit pas de la souffrance d'autrui. »

Elle tourna les talons et partit se changer dans la chambre. Pour qui elle se prenait, Mère Teresa ? Elle pouvait la faire à ses collègues mais pas à moi.

Elle revint deux minutes plus tard vêtue d'un pyjama moulant. J'entrepris maladroitement de l'étreindre mais elle me repoussa sèchement : « Arrête, tu pues l'alcool. Tu ne veux pas plutôt appeler Henri ? Je m'inquiète pour lui, je ne sais pas si tu te rends compte de ce qui se passe.

– Sa femme savait très bien dans quoi elle mettait les

pieds, je ne vois pas quelles excuses tu comptes lui trouver.

– Appelle, je te dis ! »

Elle tenait décidément à ce fichu coup de fil. Je consentis à prendre mon téléphone et à lancer l'appel ; il décrocha à la troisième sonnerie. « Guillaume... Dieu soit loué... » Il reniflait comme s'il venait de pleurer, ça commençait mal. Je mis l'appareil sur haut-parleur : « Salut, Henri, je viens de voir les nouvelles. Tu survis ?

– Je suis au fond du trou..., annonça-t-il d'une voix chevrotante. Je le sentais venir, je te l'avais dit au vernissage, il était évident que tout ça allait mal finir...

– C'était probable, en effet. Tu penses qu'on va exiger sa démission ?

– Pas sûr...

– Et les ennuis judiciaires ?

– Il y aura sûrement un procès dans cinq ans, je n'en sais rien...

– Alors haut les cœurs, mon coco ! Tu ne vas pas te faire un sang d'encre pour cette petite affaire !

– Justement, si... Il y a autre chose... »

Il y eut un long silence pendant lequel on entendit sa respiration grésiller. Nadia et moi attendions, interloqués ; nous ne comprenions pas où il voulait en venir. Après une minute complète de mutisme, il prit une grande inspiration pour se donner du courage puis déclara d'une voix tremblante : « Eva a fait une fausse couche à cause du choc psychologique. Elle était enceinte de deux mois. »

Je dessoûlai d'un seul coup, glacé par l'annonce. Nadia

mit ses mains devant sa bouche comme pour étouffer un cri d'effroi.

« Ça faisait plusieurs années qu'on essayait d'avoir un enfant, poursuivit-il avec abattement. À quarante-deux ans ce n'était pas gagné, mais on s'est dit qu'on ne voulait pas devenir un couple de dépressifs friqués, on se persuadait qu'on valait mieux que ça. Au début, ça n'a pas marché… Et puis Eva s'est décidée à consulter, elle est allée voir un médecin brillant, spécialiste des grossesses tardives, qui l'a très bien accompagnée. On a suivi toutes ses recommandations à la lettre. Il y a quelques semaines, lorsqu'elle a enfin eu un retard de règles, j'ai tout de suite couru à la pharmacie acheter un test. Tu ne peux pas savoir la joie que ça a été quand on a su qu'il était positif… J'aurais pu te l'annoncer au vernissage, mais j'ai préféré attendre un peu pour surveiller l'évolution de la grossesse. À cet âge-là, les complications sont fréquentes, je ne voulais pas me réjouir trop vite. Ça ne m'a pas porté chance… Elle a fait une crise de panique terrible en découvrant l'affaire tout à l'heure, une heure complète de hurlements et de larmes, je ne l'avais jamais vue dans un état pareil. Peu après, les saignements ont commencé. Maintenant, c'est foutu, définitivement foutu… »

Il y eut un autre silence, plus long, au cours duquel Henri sanglota frénétiquement. J'étais blême, fébrile, le canapé m'aspirait comme un trou noir.

« Et ce n'est pas le pire…, reprit-il enfin avec une voix d'outre-tombe. La fausse couche a pris une tournure grave, il y a eu un genre de surinfection doublée d'une hémorragie. »

Je restais prostré, incapable de prononcer une parole. Une expression d'épouvante déformait le visage de Nadia ; elle s'identifiait, ce n'était pas possible autrement, en tant que femme elle devait nécessairement se projeter à la place de la mère.

« Guillaume ? » demanda la voix métallique dans le haut-parleur. Il fallait répondre. Il fallait dire quelque chose. Dans un effort surhumain, je parvins à articuler la seule phrase qui me paraissait appropriée :

« Je suis désolé.

– Tu n'y peux rien, fit Henri, aucun d'entre nous n'y peut quoi que ce soit. Je vais te laisser, je retourne à l'hôpital, mais je serais heureux d'avoir un peu de famille auprès de moi demain… Tu pourrais venir le soir avec Nadia, je crois que j'en ai besoin.

– Bien sûr.

– Merci… C'est bon de pouvoir compter sur toi. »

Je ne l'entendis même pas raccrocher. Dehors, une sirène d'ambulance trancha l'air tiède de la nuit.

10.

À quoi ressemble un fœtus de deux mois ? Grosso modo, à un minuscule humain au front gigantesque. À ce stade du développement, le nez, les oreilles et le menton commencent à dessiner les traits du visage. Les paupières sont formées mais ne peuvent pas encore s'ouvrir. Le système cardiaque est pleinement fonctionnel et permet aux parents d'écouter avec émerveillement les battements du cœur de leur bébé. Deux mois, c'est aussi le moment où la queue du fœtus se résorbe, vestige d'un ancêtre reptilien dont l'utilité a été perdue au cours de l'évolution. L'ensemble de la progéniture mesure environ trois centimètres pour trois grammes, soit la taille et le poids d'un Schtroumpf gélifié Haribo. Malgré cela, on ne peut pas encore savoir s'il s'agit d'un Schtroumpf ou d'une Schtroumpfette puisque les organes génitaux ne sont pas entièrement achevés.

J'avais passé une nuit atroce, fiévreuse, peuplée d'horribles cauchemars qui me laissèrent ruisselant de sueur. Dans l'un d'eux, j'incarnais un machiavélique médecin nazi chargé de suturer la chatte d'Eva sans anesthésie, à l'aide d'un fil et d'une aiguille rouillée. Je m'acharnais à coudre sauvagement sa fente, piquant tour à tour ses grandes lèvres et son clitoris sanguinolents, tandis qu'elle poussait des hurlements abominables trahissant une douleur et une détresse sans limite. Un flot de sang brunâtre pissait de sa vulve charcutée, accompagné de caillots gros comme des grêlons, à l'âcre odeur de fer. Alors que je m'apprêtais à resserrer définitivement les fils, Henri arrivait vêtu d'un pull à capuche *Arbeit macht frei* et découvrait la scène, horrifié. Je me réveillai en sursaut.

Au matin, Nadia s'occupa de moi comme une mère, préparant un petit déjeuner régressif composé de Miel Pops, de brioches au Nutella et de Prince de Lu. Mon bol de lait laissa une moustache crémeuse au-dessus de ma lèvre. Je grelottais sous notre plaid synthétique en forme de peau d'ours blanc pendant qu'elle caressait mes cheveux d'un air inquiet. « J'aimerais rester avec toi mais j'ai rendez-vous au ministère à dix heures pour rencontrer mon homologue allemand. Ça ne durera pas longtemps, on doit simplement discuter de leurs modalités de sortie du nucléaire. Tu sais que la fermeture de leurs réacteurs est actuellement compensée par l'importation d'électricité française d'origine nucléaire ? Ça n'a pas de sens écologiquement mais les Verts n'y ont vu que du feu ; Merkel est aux anges. Je vais essayer de rentrer vers quinze heures. En attendant, reste au lit et repose-toi. » Elle déposa un baiser sur mon front, enfila sa veste de femme fatale, et s'enfuit.

Nous étions mercredi. Je passai la matinée à regarder les dessins animés sur Gulli, stupéfait des leçons de morale ouvertement dispensées par les personnages. « Il faut apprendre à ouvrir son cœur et à partager avec ceux qui ont moins », disait Cookie dans *La Famille Chat* ; les scénaristes ne s'étaient pas foulés, heureusement que les Évangiles n'étaient pas protégés par le droit d'auteur. Sur la table basse, ma vodka martini éventée me rappelait la célébration écourtée de la veille. Je suçotai sans conviction l'olive qui macérait dedans ; l'acidité me donna un haut-le-cœur.

Vers quatorze heures, la sonnette de l'appartement retentit et m'obligea à traîner les pieds jusqu'à la porte d'entrée. Le plaid formait une cape sur mes épaules, évoquant un super-héros déchu. À travers l'œilleton, je reconnus tout de suite le visage d'Anaé déformé par le grand angle. « Qu'est-ce que tu fais ici ? fis-je brutalement en ouvrant la porte.

– Coucou ! J'avais une folle envie de te voir ! »

Elle se jeta dans mes bras et m'embrassa avec enthousiasme.

« Tu es cinglée de passer chez moi à l'improviste !

– Quoi, ta femme n'est pas au boulot ?

– Elle rentre dans une heure.

– Dans ce cas, tu as le temps de m'offrir un café. »

Elle entra dans l'appartement à son aise, jeta sa veste sur le canapé et enclencha une capsule dans la machine Nespresso. Son parfum vanillé emplissait toute la pièce, j'allais encore devoir aérer massivement avant le retour de

Nadia. « Tu n'as pas l'air de bonne humeur…, remarqua-t-elle en trempant ses lèvres dans la mousse brûlante. Tu devrais pourtant te réjouir, il me semble qu'on a quelque chose à fêter. » Elle ponctua sa phrase d'un rire machiavélique évoquant Ursula dans *La Petite Sirène*. Je me visualisai en train de l'étrangler jusqu'à l'asphyxie ou bien de lui asséner des coups de poêle en fonte sur le crâne. Au lieu de cela, je rassemblai tout mon calme et entrepris de lui raconter les événements de la veille dans les moindres détails : la fausse couche, le désespoir de mon frère, Eva à l'hôpital, ma propre conscience d'être allé trop loin. Après ce compte rendu, elle sourit avec une satisfaction narquoise.

« Ça ne va pas m'empêcher de dormir, lança-t-elle avec défi.

– Et mon neveu ?

– Ce n'était pas ton neveu, c'était un embryon. C'est sûrement triste mais qu'est-ce que tu veux que j'y fasse ? Ce n'est pas ma faute si une quadra vénale réalise sur le tard qu'elle a consacré sa vie à amasser du fric plutôt qu'à fonder une famille. Et puis merde, elle savait à quoi elle s'exposait en s'embarquant dans une grossesse à son âge ! Faut pas venir pleurer après.

– Je rêve, tu n'éprouves aucun remords…

– Écoute, Guillaume, si tu n'avais pas le courage de faire la révolution jusqu'au bout, il fallait me prévenir dès le début. On ne fait pas d'omelette sans casser des œufs. »

Je poussai un soupir las. De quelle révolution parlait-elle, au juste ? Elle se prenait pour une guérillera sud-américaine, je sentais qu'elle n'allait pas tarder à parler espagnol, c'était pathétique. J'avais devant moi une gamine aveuglée de certitudes puériles, une jeune garce qui faisait sa crise d'adolescence à travers le militantisme.

« Laisse tomber, dis-je avec un geste de dégoût. Ça m'apprendra à frayer avec une petite pute écervelée...

– Pardon ? C'est tout ce que je représente à tes yeux ?

– Mais tu crois que t'es quoi ?! m'écriai-je férocement. Tu penses avoir une expérience complète de la vie parce que tu as fait le garage à bites dans des apparts de luxe ? Tu te crois éclairée parce que tu as suivi deux pauvres cours de sociologie à la fac ? Des pétasses comme toi avec leurs convictions bornées, il y en a des milliers dans les manifs ! Ras le bol des putains d'enfants gâtées qui se prennent pour Che Guevara ! Ta haine grossière du système, tu peux te la mettre au cul, salope ! »

Je m'étais mis à hurler sans m'en rendre compte, les veines de mes tempes avaient doublé de volume et les muscles de mon cou saillaient de tous les côtés. Anaé s'approcha de moi comme une furie et jeta sa tasse de café contre le sol de la cuisine. « Connard ! s'écria-t-elle les larmes aux yeux. Tu ne vaux pas mieux avec ton cynisme à deux balles ! Tu joues les érudits blasés en me servant ta culture historique à tout bout de champ, mais tu es aussi paumé que moi ! » Elle éclata soudain en sanglots, se moucha dans une feuille de sopalin, puis continua d'une voix brisée par la rage : « Et dire que j'ai été assez conne pour prendre notre relation pour autre chose que du cul... Toi évidemment tu n'as rien remarqué, tu es trop centré sur ta bite pour t'en rendre compte. Mais j'ai compris maintenant, j'ai compris que je n'étais qu'un faire-valoir, une petite chatte de plus à posséder pour te sentir vivant. Je ne sais pas à quoi je m'attendais : avec ta femme pétée de thunes, tu étais forcément du côté des coupables. »

Je l'agrippai par le col et la plaquai contre le mur : « Ma femme n'a rien à voir là-dedans. C'est toi qui as déraillé, toi et tes délires mégalos de justicière au rabais. Espèce de petite conne prétentieuse, tu ne vas pas t'en sortir comme ça ! » Elle se débattit comme un fauve enragé et me mordit la main jusqu'au sang. « Va te faire foutre, pauvre taré ! » s'époumona-t-elle en me repoussant. Sans que je puisse la retenir, elle courut vers la porte et la claqua dans un fracas assourdissant, me laissant seul dans un état de furie délirant, les poings serrés, le souffle court, prêt à commettre un meurtre.

11.

Nous nous mîmes en route vers Neuilly à vingt heures trente. Depuis la veille, une douleur diffuse empoignait mon estomac et m'aspirait vers un vortex de souffrance. La gravité et l'irréversibilité de mes actes devenaient à chaque minute plus évidentes, plus cruelles. Cette fois-ci, il ne suffirait pas que j'avale des cachets d'anxiolytiques, non, il n'y avait rien à faire, le temps ne dissiperait jamais l'angoisse et la honte. J'avais poussé mon frère dans le précipice et trompé la seule femme qui m'avait véritablement aimé ; j'étais Judas Iscariote, et cette lâcheté me harcèlerait jusqu'à mon dernier souffle.

Henri nous accueillit chez lui les yeux gonflés, les cheveux hirsutes et la barbe mal rasée. Il donnait l'impression de n'avoir pas dormi depuis des jours mais avait tout de même pris la peine de faire les courses chez le traiteur grec. Sur la table était disposée une gigantesque moussaka accompagnée de tarama, de feta et d'une bouteille d'ouzo crétois ; ça me mettait un peu de baume au cœur, la vie pouvait encore réserver quelques douces surprises. « Je préfère ne pas boire ce soir, dit-il néanmoins avec tristesse, j'ai peur que ça me démoralise encore plus. J'ai beaucoup pleuré cette nuit, plus que jamais dans ma vie... Mais allez-y, prenez-en un peu. » Je me servis un premier verre que j'avalai cul sec, puis m'en versai un deuxième dans la foulée. Nadia m'imita aussitôt, je crois que la nouvelle l'avait sincèrement affectée, elle aussi éprouvait le besoin de calmer ses nerfs avec l'alcool. Immédiatement après s'être installé à table, mon frère aborda le sujet du drame.

« Même si Eva va mieux, elle ne pourra plus jamais avoir d'enfant. Une fausse couche à quarante-deux ans, ça ne pardonne pas, il n'y a aucune chance pour qu'elle réussisse à tomber enceinte après ça. Je sais que je pourrai l'accepter, mais pour elle ce sera beaucoup plus difficile. Elle se réjouissait tellement de devenir mère... La semaine dernière, elle était revenue d'une boutique de puériculture avec trois sacs de layette et un gros lapin en peluche. Et maintenant... Je n'arrive pas à comprendre comment tout a pu s'effondrer aussi vite.

– Vous pourrez toujours adopter... », suggérai-je. Il me jeta un regard consterné, je compris tout de suite que ma réflexion était à côté de la plaque.

Nadia reprit les choses en main avec sa sagesse naturelle : « Tout n'est pas perdu, beaucoup d'études montrent qu'une fausse couche peut favoriser le bon déroulement d'une grossesse dans les six mois suivants. Tu es en parfaite santé physique et on peut espérer qu'elle le soit bientôt également, il n'y a pas de raison de céder au désespoir. Et puis, si ça ne fonctionne pas, est-ce vraiment la fin du monde ? Il y a une vive injonction sociale à faire des enfants mais ce n'est pas l'unique clé du bonheur.

– Elle a raison, renchéris-je, il y a d'autres formes d'épanouissement que de se réveiller en pleine nuit pour changer des couches... » Henri me regarda de nouveau avec ahurissement ; je n'avais décidément pas la fibre consolatrice.

« En tout cas, dit-il, tous mes doutes amoureux se sont envolés. Guillaume, j'ai pu te dire que je ne supportais plus certains aspects de la personnalité de ma femme, mais c'est fini maintenant, je ne sais même pas comment j'ai pu me focaliser sur des points aussi anecdotiques. Cet accident aura eu le mérite de me recentrer sur l'essentiel : j'aime Eva, je n'ai jamais été aussi sûr de mes sentiments. » Il saisit une photo de leur mariage encadrée au mur et sourit tendrement. Cette évocation de l'amour invincible semblait l'avoir ragaillardi, on était sur la bonne voie. De fait, il fut capable d'embrayer sur un autre sujet :

« Et toi, Nadia, comment se passe ta nouvelle vie au ministère ? Je n'ai même pas eu l'occasion de te féliciter de vive voix.

– Tout va à merveille, dit-elle en trempant un morceau de pain dans le tarama. On a beaucoup de boulot, le président place la barre très haut, mais je suis heureuse de relever ces défis.

– Ah oui, c'est bien, les défis... Avoir un enfant à plus de quarante ans, c'était aussi un défi... » Il replongeait complètement, c'était une catastrophe. Je lui coupai quelques morceaux de feta à l'huile d'olive pour le revigorer ; il n'y prêta aucune attention.

« Ce qu'on ne nous dit pas quand on commence à travailler, fit-il après un temps de silence, c'est que les années passent dix fois plus vite. Lorsqu'on attaque son premier emploi à vingt-cinq ans, on croit qu'on a la vie devant soi et que tout sera toujours possible. L'instant d'après, on se réveille quadragénaire et l'avenir est cadenassé.

– Je pense que pour vivre, il faut s'y prendre très jeune, parce qu'après on perd toute sa valeur, déclara Nadia.

– C'est de qui ?

– Romain Gary.

– Facile à dire, maugréa-t-il, à mon âge il avait déjà été aviateur, résistant, diplomate, romancier et scénariste. Moi je suis quoi ? Employé de bureau.

– Tu es directeur général adjoint, rectifia-t-elle.

– C'est du pareil au même ! Assistant, chargé de mission, responsable, directeur… Au final, on passe tous notre vie devant des logiciels abjects au lieu de nous consacrer à ceux qui nous sont chers. On dit que la mort est le grand égalisateur mais c'est faux, c'est le pack Office ! Sers-moi un verre d'ouzo, finalement j'ai envie de picoler. »

Elle versa une tournée pendant que mon frère se tenait la tête à deux mains, inconsolable. J'examinai sa mine amaigrie et ses vêtements dépenaillés. Des éclaboussures de sauce tomate tachaient sa chemise et une odeur tiède de transpiration émanait de ses aisselles ; le pauvre devait porter la même tenue depuis trois jours.

La sonnerie du téléphone de Nadia retentit bruyamment dans son sac à main, il s'agissait sans doute d'un appel d'un de ses conseillers, voire du ministre lui-même, mais elle eut la politesse de ne pas décrocher. Henri ne s'en aperçut même pas, il s'était mis à parler de Paris maintenant, il disait qu'il avait choisi cette affreuse mégalopole uniquement pour le travail, mais finalement, n'aurait-il pas été plus heureux dans le Cotentin ? Il remettait en cause ses choix de vie un à un avant de retomber dans un accablement douloureux ; on assistait à l'effondrement d'un homme en direct.

Le téléphone de Nadia sonna une deuxième fois. À peine eut-elle refusé l'appel qu'il se mit à vibrer de nouveau ; là, il fallait vraiment décrocher. « Excusez-moi, je reviens dans un instant, dit-elle en partant s'isoler sur le balcon.

– Tu vois, commenta Henri, c'est ça l'aliénation : tu passes un moment intime avec tes proches, et les impitoyables tentacules du boulot te rattrapent pour te dévorer comme une pieuvre. Comment ai-je pu tomber dans ce piège ? J'aurais dû être prof comme toi, au moins j'aurais eu du temps pour vivre. »

Nadia reparut deux minutes plus tard. Une expression de terreur déformait son visage, je compris d'emblée qu'on venait de l'informer d'un drame au téléphone. « Henri, allume la télévision, s'il te plaît », dit-elle d'une voix affaiblie. Son teint était livide, elle donnait l'impression de s'être vidée de son sang. Henri saisit la télécommande et mit BFM TV sur l'immense dalle Samsung. À l'écran, une jolie brune prononçait des paroles qui ne semblaient pas tout à fait réelles : « Nous sommes en direct du ministère de la Transition écologique et solidaire, où l'incroyable imposture de Nadia Azzaoui vient d'être exposée au grand jour. La secrétaire d'État est accusée d'avoir falsifié son diplôme et son CV afin d'entrer chez l'hôtelier Accor puis au gouvernement. Deux ans auparavant, Mme Azzaoui aurait été une simple employée du groupe espagnol Zara, dépourvue de toute compétence relative à son poste actuel. Cette situation inédite dans l'histoire de la Ve République nourrit les rumeurs les plus folles. Mme Azzaoui a-t-elle bénéficié d'appuis au sommet de l'État ? Agit-elle pour le compte d'une puissance étrangère ? Qui avait intérêt à la placer à ce poste ? Retrouvez nos experts police-justice dans un instant. »

Je me cramponnai à ma chaise, le souffle coupé, comme si un rocher de cent tonnes compressait ma cage thoracique. Devant moi, Nadia était en état de choc, pétrifiée de honte et de peur. Le cauchemar qu'elle redoutait tant venait de se produire sous ses yeux. « Ce n'est pas possible..., murmura-t-elle, atterrée. Le service d'authentification des diplômes ne devait pas être lancé avant quinze jours... »

J'avais l'impression de ne plus rien comprendre, que la situation n'avait aucun sens, qu'on nageait en plein délire. La seule explication plausible résidait dans le lancement prématuré du site internet mais cela était hautement improbable : de mémoire d'homme, on n'avait jamais vu des fonctionnaires boucler un projet en avance.

Le reportage se poursuivait avec l'interview d'un ancien collègue de Nadia, resté vendeur chez Zara : « C'était une jeune femme sans histoires, racontait-il comme s'il parlait d'une terroriste radicalisée, elle était toujours prête à donner un coup de main en rayon ou à remonter le moral de quelqu'un dans l'équipe, personne n'imaginait qu'elle puisse commettre une chose pareille. »

Henri dévisageait Nadia avec une expression oscillant entre la stupeur et l'admiration. « Mazette ! siffla-t-il. On peut dire que tu les as bien baisés ! » Elle restait immobile, figée comme une statue dans une posture d'effroi.

Je consultai mon smartphone pour me faire une idée du retentissement de l'affaire. Sur les réseaux sociaux, la France paraissait scindée en deux camps : certains parlaient de « haute trahison » et appelaient à une mise à mort politique, d'autres ne voyaient pas le problème et considéraient que les compétences l'emportaient sur le diplôme. Interrogé sur un trottoir par BFM, un couple de quinquagénaires confirmait cette dualité d'opinions. L'homme rappelait qu'aux États-Unis les recruteurs se moquaient royalement du parcours académique des candidats et n'accordaient de l'importance qu'à l'expérience et aux qualités humaines ; pour lui, c'était ainsi que les choses auraient dû fonctionner dans l'Hexagone. Sa femme n'était pas d'accord, elle avait travaillé très dur pour devenir kiné et ne voyait pas au nom de quoi on pouvait s'affranchir de suivre des études supérieures pour exercer des responsabilités.

Je continuai de faire défiler les pages de réactions. Curieusement, ce fractionnement de l'opinion publique ne paraissait pas toucher la classe politique. Les élus de tout bord faisaient bloc pour condamner unanimement le mensonge de Nadia. À droite comme à gauche, ils fustigeaient le mépris des règles républicaines les plus élémentaires et exigeaient sa démission immédiate accompagnée d'excuses publiques. Deux exceptions dénotaient toutefois dans cette union sacrée, Rachida Dati et Christiane Taubira, qui s'étaient contentées de saluer le courage d'une jeune femme issue de l'immigration. On pouvait les comprendre, elles-mêmes étaient accusées d'avoir entretenu le flou sur leurs véritables diplômes tout au long de leur carrière.

« La ministre de l'Enseignement supérieur vient de m'écrire, dit soudain Nadia, leur service de vérification n'est pas encore opérationnel. Ça signifie que la fuite vient nécessairement de l'un de nous deux. Moi je suis sûre de ne l'avoir raconté à personne, mais toi ?

– Je n'aurais jamais fait ça !

– Réfléchis bien. »

Je cogitai à toute vitesse, je repensai aux soirées d'ivresse, aux confessions sur l'oreiller, à tous ces instants où l'on se livre sans le vouloir véritablement. Au bout d'une bonne minute, la promenade au Père-Lachaise me revint en mémoire.

« Florent, dis-je. J'en ai parlé à Florent il y a deux ans.

– Putain, c'est pas vrai…

– Mais ça ne peut pas être lui, nous sommes des amis proches, il ne m'aurait pas fait ça. »

Et puis le visage d'Anaé apparut à l'écran. En une fraction de seconde, toutes les pièces du puzzle s'assemblèrent dans mon esprit : j'avais raconté l'histoire du diplôme à Florent qui l'avait ensuite négligemment répétée à Anaé, et deux ans plus tard, vexée d'avoir été traitée de petite pute écervelée, elle me le faisait payer en révélant publiquement ce secret.

La présentatrice de BFM confirma rapidement mon intuition sur un ton guilleret : « La jeune étudiante en journalisme à l'origine de l'affaire Naval Group jette un second pavé dans la mare en dévoilant ce scandale. Selon elle, c'est Guillaume Carpentier, le compagnon de Nadia Azzaoui, qui serait la tête pensante de cette fraude organisée. L'homme aurait falsifié un diplôme appartenant initialement à son frère Henri, directeur général adjoint d'un important fonds d'investissement basé à la Défense. L'étudiante confirme à cette occasion avoir eu une liaison durable avec Guillaume Carpentier, liaison dont la secrétaire d'État ne semblait pas avoir connaissance. »

Ma vision se brouilla aussitôt et un abominable haut-le-cœur me saisit l'estomac. Je courus aux toilettes, m'agenouillai devant la cuvette, et régurgitai la moussaka dans d'atroces spasmes de douleur. Je ne parvenais pas à y croire. Anaé. Petite catin sans valeurs morales.

« T'es qu'une ordure ! » Je me retournai, levai la tête : Henri se dressait devant moi tel un géant punisseur, le front haut, l'œil sévère. « Moi qui m'épuise à créer du lien avec toi depuis des années… Mais qu'est-ce que je t'ai fait ? Pourquoi tu m'en veux autant ? »

Nadia passa fugitivement dans son dos, en larmes, ébranlée par la double révélation qui venait d'éclater. Elle récupéra son sac à main et se dirigea vers la porte d'entrée. Je ne pouvais pas la laisser partir dans cet état, il fallait que je lui explique tout de suite qu'Anaé ne représentait rien pour moi. « Nadia, attends ! » m'écriai-je en essayant de me relever.

Henri me barra la route, il semblait soudainement faire deux mètres et cent vingt kilos, un ogre, une muraille infranchissable. « Laisse-moi passer ! » ordonnai-je, les lèvres luisantes de vomi. Il m'agrippa violemment par le col : « Pauvre type, tu n'as donc de respect pour personne ? Tu te tapes une gamine de vingt ans et tu vas aller expliquer à ta femme que ce n'est pas ta faute ? C'est ça ? »

Acculé dans l'exiguïté des toilettes, ivre d'ouzo, je tentai vainement de me débattre et d'échapper à son emprise. Je compris rapidement que c'était inutile, Nadia avait déjà filé, on n'entendait même plus ses pas résonner dans l'escalier de l'immeuble.

Henri poursuivit, les mâchoires serrées par la colère : « Et les révélations sur l'entreprise d'Eva ? Sa fausse couche ? Ne me dis pas que tu es allé jusque-là…

– Je l'ai fait pour toi ! m'époumonai-je en le bousculant. Ta femme est une épouvantable connasse, quand est-ce que tu vas t'en rendre compte ?! »

C'était, de toute évidence, la phrase de trop. Je n'eus ni le temps ni l'agilité d'esquiver le coup de poing qu'il m'asséna sous le menton. Mon arcade sourcilière heurta la cuvette et éclata sous la violence du choc, laissant un flot de sang chaud et visqueux se répandre sur mon visage. Ma vision se troubla ; je perdis aussitôt connaissance.

12.

Au réveil, ma montre indiquait vingt-trois heures. Combien de temps s'était-il écoulé avant que je reprenne mes esprits ? Quarante-cinq minutes, peut-être une heure. Je me levai péniblement en prenant appui sur la cuvette ; mes mains laissèrent de larges traces rouges sur les rebords. Il ne m'avait pas raté, il avait mis toute sa rage dans cet unique uppercut, mais je savais qu'il s'était retenu d'aller plus loin. J'avais eu de la chance : à sa place, d'autres hommes moins raisonnables n'auraient pas hésité à me planter un couteau dans la rate.

Je parvins à sortir des toilettes en titubant. Dans le miroir du couloir, mon visage boursouflé et maculé de sang me faisait face. Une croûte noirâtre avait grossièrement coagulé au niveau de l'arcade et mon œil gauche s'était un peu fermé sous l'effet du gonflement de la paupière. C'était moche mais je pourrais dire que je m'étais battu contre un dealer de Saint-Denis, ça me crédibiliserait auprès des élèves.

Je zigzaguai vers le salon et découvris mon frère en

train de fumer silencieusement une cigarette à la fenêtre. « Henri, écoute-moi... », dis-je d'une voix fatiguée. Il se retourna et m'adressa un regard de dégoût. « Dégage », articula-t-il froidement comme s'il allait vomir de mépris. Il n'y avait rien à espérer.

Je déambulai hagard dans les rues de Neuilly à la recherche d'un taxi pour me ramener à la maison. Me confondant avec un clochard, trois chauffeurs me refusèrent l'accès à leur véhicule ; je me résignai à prendre le métro. La rame était déserte à cette heure. Affalé sur le strapontin, je songeai aux explications que j'allais fournir à Nadia. Quelles paroles convenait-il de prononcer pour se tirer d'une telle catastrophe ? Dans les films, les maris infidèles disent souvent : « Ce n'est pas ce que tu crois. » La phrase était parfaitement appropriée à la situation : Nadia croyait que ma relation avec Anaé était de nature amoureuse, alors qu'elle était de nature sexuelle. C'était une différence majeure, mais je savais qu'elle refuserait de l'entendre. Alors quoi ? Fallait-il bêtement s'excuser ? Si ridicule que cela puisse paraître, il s'agissait probablement de la meilleure option. Nadia était une personne fondamentalement indulgente, il y avait une chance pour qu'elle m'accorde son pardon et fasse triompher l'amour.

Une demi-heure plus tard, j'arrivai enfin chez nous. Avant de mettre la clé dans la serrure, je me regardai dans le miroir en pied du palier. Mon œil gauche avait doublé de volume et pris une teinte violacée. Je faisais pitié, et c'était tant mieux, il fallait absolument que je lui inspire de la compassion.

« Nadia ? » lançai-je au hasard en pénétrant dans l'appartement. Pas de réponse. « Chérie, je peux tout t'expliquer », dis-je encore (la phrase me semblait venir d'une mauvaise comédie romantique française, mais la vie est plus caricaturale qu'on ne le pense). J'explorai les pièces une à une : personne dans la cuisine, ni dans le salon, ni dans la bibliothèque, ni dans la salle de bain. Restait la chambre au bout du couloir, dont la porte était fermée. Je toquai doucement. « Nadia ? Je peux entrer ? » Silence de nouveau. Je tournai la poignée avec précaution.

Elle était là, allongée sur notre lit, dormant à poings fermés comme un nouveau-né dans les bras de sa mère. Je poussai un soupir de soulagement en voyant son visage plongé dans le sommeil purificateur. Elle était aussi belle qu'au premier jour, j'avais indubitablement déniché une perle rare, il était hors de question que je la perde pour une pathétique gamine de vingt ans. Le réveil affichait 23 h 35. Dehors, la lune émettait un paisible halo de lumière dans le ciel étoilé. Je me déshabillai sans bruit et m'allongeai à ses côtés en prenant soin de ne pas la réveiller. « Tout va bien se passer », songeai-je en me pelotonnant contre son corps chaud. Le lendemain matin, nous nous réveillerions au chant des merles, j'irais chercher des croissants à la boulangerie et tout serait pardonné. Bien sûr, le scandale médiatique durerait quelques jours, mais ses conseillers en communication produiraient des éléments de langage pour minimiser la situation, ils trouveraient un moyen de la tirer d'affaire, on pouvait leur faire confiance. Avec le temps, les médias se désintéresseraient progressivement d'elle, d'autres actualités finiraient par prendre le relais, et en moins de deux mois, plus personne ne se souviendrait de la minable affaire du faux diplôme. Son réseau de relations lui permettrait même de retrouver rapidement un poste à responsabilités. On s'en sortirait, la chance nous souriait toujours.

Alors que je commençais à m'endormir, une sorte de spasme fit tressaillir le corps de Nadia, agitant d'abord ses jambes, puis sa cage thoracique. Elle ouvrit d'un seul coup les yeux et me dévisagea avec épouvante. « Guillaume, j'ai fait une grosse connerie…, murmura-t-elle avec une grimace de souffrance.

– Non, tout est ma faute, je n'aurais jamais dû t'embarquer dans cette histoire. »

Un filet de bave coulait à la commissure de ses lèvres. Elle se tourna péniblement sur le côté et désigna d'un index faiblard trois boîtes de médicaments vides sur la table de chevet. Mon rythme cardiaque s'emballa, je mis une bonne dizaine de secondes à réagir. Quel était le numéro des urgences ? Le 17 ? Le 15 ? Le 119 ? Je tapai stupidement « pompiers » dans le répertoire de mon iPhone. Aucun résultat, qu'est-ce qu'ils foutaient chez Apple ? Je finis par joindre le 112, qui me redirigea vers le standard téléphonique du Samu.

L'ambulance arriva avec une rapidité ahurissante. Deux types au physique de déménageurs débarquèrent en trombe dans l'appartement, placèrent Nadia sur une civière, et l'installèrent à l'arrière du véhicule. En moins de deux minutes, nous étions en route pour l'hôpital Bichat, toutes sirènes hurlantes. Sous la lumière blanche des néons, un des hommes examinait les emballages des médicaments qu'elle avait ingérés.

« Méquitazine, paracétamol et doxylamine, énonça-t-il froidement. On dirait qu'elle n'a pas bien pris le scandale qui vient d'éclater, la miss Azzaoui... Je suppose qu'un lavage d'estomac suffira à l'épargner. Et vous, qu'est-ce qui vous est arrivé ?

– Moi ?

– Votre visage. »

J'avais oublié ma contusion à l'arcade sourcilière mais il valait mieux ne pas s'épancher sur l'altercation avec Henri. « J'ai trébuché dans les escaliers », dis-je en détournant les yeux ; il leva un sourcil affligé et je compris qu'il n'y croyait pas une seule seconde.

L'ambulance filait dans la nuit à la vitesse d'une Formule 1. Devant moi, le corps inconscient de Nadia continuait d'être parcouru de convulsions, elle transpirait abondamment et son teint avait jauni. L'inquiétude me broyait le cœur. Je l'avais non seulement trahie, mais également condamnée ; en plus de Judas, j'étais Ponce Pilate.

« Au fait, j'ai vu les infos, dit soudain le type sur un ton coupant. Je trouve ça vraiment dégueulasse ce que vous avez fait avec le diplôme. Vous savez combien de temps j'ai galéré pour avoir l'honneur de porter cette blouse blanche ? Dix ans d'études, ça vous parle ?

– Vous avez étudié dix ans pour devenir ambulancier ?

– Je suis médecin ! répliqua-t-il hors de lui. Les ambulanciers ont le niveau du bac mais les médecins sont titulaires d'un doctorat !

– Ah oui…

– Faut vous sortir la tête du cul ! Ras le bol des patients ingrats qui me prennent de haut ! Merde, j'ai sacrifié ma vie pour sauver celles des autres et je gagne trois fois moins que votre conjointe qui fait des conférences bidon sur le recyclage ! »

Qu'est-ce qu'il me voulait, ce con ? La femme de ma vie était en train d'agoniser sous mes yeux et il me faisait une crise existentielle ; le service public partait vraiment à vau-l'eau.

Dieu merci, l'ambulance s'immobilisa devant l'hôpital quelques minutes plus tard. Nadia fut prise en charge aux urgences prioritairement et un bel infirmier à la voix de velours m'invita à patienter en salle d'attente. Avec sa mèche blonde et son visage androgyne, il évoquait une version homosexuelle de Claude François, le stéthoscope en plus. Le lavage gastrique était une opération sans risque majeur, m'informa-t-il, son mode d'action reposait sur le principe des vases communicants : ils allaient introduire un tube dans la bouche de Nadia, l'enfoncer jusqu'à son estomac, puis y verser de l'eau tiède salée qu'ils récupéreraient ensuite par siphonnage. En moins d'une heure, le mélange médicamenteux serait totalement purgé.

Je le remerciai et partis m'asseoir dans la salle d'attente au milieu d'un panel représentatif de Français rendus égaux devant la maladie et la fragilité du corps. Un nœud douloureux se formait dans ma gorge. Sur la table basse, des gobelets de café vides gisaient sur des magazines périmés. « Témoignage : je n'ai pas de vie sexuelle et j'assume ! » criait la couverture de *Femme actuelle* ; ce serait bientôt mon cas également, mais j'assumais moins. Plus jamais je ne verrais le corps juvénile d'Anaé se tortiller devant moi, plus jamais je ne suçoterais ses minuscules tétons roses comme des fraises Tagada. Il me fallait irrémédiablement tirer un trait sur ces moments d'extase qui constituaient, sans l'ombre d'un doute, les dérisoires sommets de mon existence.

En même temps, je pris conscience que cela m'était plus ou moins égal. Que représentait-elle objectivement ? Une étudiante un peu délurée, rien de plus, pas de quoi passer le restant de mes jours à regretter son absence. En comparaison, Nadia était un joyau de douceur et d'intelligence, un ange biblique qui m'avait ouvert son cœur, et il m'apparaissait désormais clairement que j'allais faire ma vie avec elle. Dans quelques heures, elle se réveillerait et je serais là, je serais à son chevet pour m'excuser et lui dire mon amour. Elle me pardonnerait, j'en étais de plus en plus convaincu, et ensemble nous surmonterions l'épreuve de son lynchage médiatique. Je l'aiderais à retrouver un poste dans lequel elle s'épanouirait, elle continuerait à me combler d'affection, et un jour, peut-être dans deux ou trois ans, je mettrais un genou à terre et lui présenterais une bague scintillante. Elle accepterait en sautant de joie, passerait des semaines à choisir sa robe de mariée, dirait

« oui, je le veux », et nous partirions en voyage de noces en Amérique latine, sac au dos, Leica en bandoulière, comme elle en rêvait depuis toujours. Au retour viendrait le temps de fonder un foyer, elle arrêterait la pilule, observerait son ventre gonfler au fil des mois, et mettrait au monde un ravissant bébé métis, un hybride, comme les véhicules électriques qu'elle promouvait au ministère. Elle voudrait lui donner un prénom musulman (Youssef ? Amira ?), j'hésiterais un peu mais mes réticences se volatiliseraient en découvrant l'adorable nouveau-né à l'hôpital. Je m'en occuperais avec une joie et un dévouement insoupçonnés, transporté par l'allégresse de la paternité. Nadia lui vouerait un amour inconditionnel et le laisserait grandir dans une atmosphère de sérénité et de confiance. Elle lui préparerait des tartes aux pommes, le laisserait gagner au Puissance 4, lui apprendrait à faire du vélo sans les petites roues, et s'émerveillerait devant ses dessins représentant son papa (crayon de couleur beige) et sa maman (crayon de couleur marron clair) se tenant la main devant une maison fleurie. Ensemble, nous ferions de formidables parents. Ensemble, nous connaîtrions le bonheur.

Claude François vint me chercher après une heure d'attente et m'adressa un signe de tête sécurisant. Tout s'était bien passé, je pouvais aller voir ma sirène d'Alexandrie dans la chambre 215. Je me levai les jambes flageolantes, terrifié à l'idée de découvrir sa réaction, épuisé aussi par la tension qui s'était accumulée au cours de la soirée. La chambre était située au bout d'un interminable couloir à l'odeur de clou de girofle. Après une bonne minute d'hésitation, je me décidai à pousser la porte.

Nadia reposait sur un lit blanc, les yeux clos, la figure sereine comme celle d'une madone. Je m'approchai à pas feutrés, le cœur serré par l'émotion, et m'accroupis à son chevet. C'est là que tout sortit. Une irrésistible crise de larmes. Un torrent de pleurs, de hoquets et de sanglots impossibles à réprimer. Je suffoquais, la tête enfouie dans les draps, brisé par le regret et la honte. Elle reprit peu à peu conscience et cligna des paupières comme au réveil d'un long coma. Dans ses yeux se lisaient la déception mais également l'espoir. Avec une peine insondable, elle se tourna vers moi, entrouvrit les lèvres, et murmura d'une voix affaiblie : « J'y croyais, pourtant. »

Retrouvez toute l'actualité des éditions Albin Michel
sur notre site albin-michel.fr
et suivez-nous sur les réseaux sociaux !
Instagram : editionsalbinmichel
Facebook : Éditions Albin Michel
Twitter : AlbinMichel

Composition : IGS-CP
Impression : CPI Firmin Didot en octobre 2023
Éditions Albin Michel
22, rue Huyghens, 75014 Paris
www.albin-michel.fr
ISBN : 978-2-226-48636-3
N° d'édition : 25549/03 – N° d'impression : 177278
Dépôt légal : août 2023
Imprimé en France